Gianni Papa

TUTTI NUDI TRANNE LA MADONNA

Gattogrigio Editore

MANTOVA 2020

2020 Gattogrigio Editore®, via Dante Alighieri 20, Castiglione delle Stiviere (MN)

associazionegattogrigio@yahoo.it

Papa, Gianni – 1969 –
Tutti nudi tranne la Madonna/ Gianni Papa
Gattogrigio Editore®, – 2020 –
ISBN 978–88–96314–22–7

– Chi rifiuta il sogno deve masturbarsi con la realtà. –

Ennio Flaiano

Il commissario Martino e la palla di Ik

1

Ik si ritrovò con la navicella rotta al centro di un luogo circolare, con dell'erba sotto di lui.

La prima cosa che fece fu assaggiare l'erba. Non era molto buona era stata condita con elementi fossili bruciati.

Strano, quel pianeta.

Di fronte a lui, un beccuccio metallico lasciava uscire acqua mescolata a minerali. Si avvicinò e bevve. Poi diede un morso al beccuccio metallico ne staccò un pezzo, lo masticò un pochino e lo deglutì piano.

Aveva un sapore d'antico. Come se il beccuccio si trovasse lì da tanti, tanti anni.

Strano, quel pianeta.

Diede un'occhiata alla navicella, che si era frantumata in mezzo all'erba e aveva preso una forma che Ik non conosceva.

Provò a metterla in moto la navicella diede qualche piccolo colpo di tosse, ma poi smise.

Ik mangiò il manubrio in pochi bocconi, quasi senza masticare. Mangiò la carlinga, i pistoni e le rotule. La navicella – ormai – non serviva più a niente. Se non come cibo. La finì in pochi minuti e ruttò soddisfatto.

Adesso era intrappolato su quel pianeta. Doveva assolutamente trovare un altro veicolo per ripartire. Aveva bisogno di farina.

Non era un esperto di navicelle, ma una volta era stato in un'officina e aveva visto che sono fatte con la farina. Alla farina si mescola un lievito particolare, detto – miglioratore. Il miglioratore fa crescere ed indurire la pasta. Un trapano buca la pasta cresciuta e scava l'abitacolo. Un altro trapano buca dall'altro lato e scava il vano motore.

2

Antonio aveva un piccolo forno e stava per chiudere. In quella frazioncina non c'era mai nessuno. A quell'ora la strada era praticamente deserta.

– Che ore sono? – disse a sua moglie Maria Concetta.

– Le otto e mezza – rispose lei.

– È tardi. Chiudiamo? –

– Abbiamo ancora sei pezzi di pane – disse Maria Concetta – Io aspetterei di venderli –

– Ma non c'è più nessuno in giro – fece Antonio – Magari li rifiliamo domattina a qualcuno meno attento –

– Lo sai che non mi piacciono queste cose. Poi la gente va a dire in giro che vendiamo il pane del giorno prima. Io voglio avere una buona repu... –

Non finì la frase. Un essere immondo stava scendendo le scale del piccolo forno.

Maria Concetta gridò immediatamente, appena lo vide. Era come una formica enorme che avesse dimenticato di andare dal barbiere.

Fu un attimo la donna si sentì mancare l'equilibrio e svenne. Il marito ebbe appena il tempo di vedere il mostro che le staccava la testa, prima che staccasse anche la sua e smettesse di percepire.

3

Ik non credeva ai suoi occhi. Quanta farina che c'era! Avrebbe potuto facilmente costruire una nuova macchina!

Prima di raggiungere il materiale, dovette mangiare due oggetti che si muovevano. Uno dei due oggetti faceva un rumore particolarmente sgradevole.

Ik scese fino in fondo al cubicolo, dopo aver mangiato i due oggetti molli e lordi, tutti ripieni di una strana sostanza rossa che andò a finire ovunque. Cominciò a mettere insieme la farina.

Non era tantissima. Alcuni pezzi erano già stati assemblati, come se qualcuno avesse tentato di costruire macchine molto piccole.

La farina – comunque – era abbastanza per costruire un cerchio cresciuto. Col cerchio cresciuto avrebbe potuto – per lo meno – ripartire e tentare di arrivare fino a casa.

Si mise pazientemente a raccogliere i cocci e la farina. Formò la palla.

Ma non aveva il miglioratore.

Sacramentò ed uscì dal negozietto. Risalì per dove era arrivato.

4

Il commissario Martino, quando vide quello spettacolo disgustoso, dovette chiedere un antiemetico. Sembrava un commissario da fumetto dovette risalire di corsa nel cortile e mettersi a vomitare in un angolo.

Era un tipo semplice, il commissario. Si era fatto trasferire a Caserta, circoscrizione di Centurano–San Clemente, perché non succede mai nulla.

Cioè, ogni tanto c'è da confrontarsi con la piccola malavita locale. Però (non avendo Caserta, né tantomeno la circoscrizione Centurano–San Clemente, grandi risorse economico–finanziarie) anche la Camorra è di piccolo calibro, vecchio stampo, ed è facile mettersi d'accordo, trovare un compromesso.

Il commissario Martino e il suo barbone grigio erano abilissimi nel trovare compromessi. Ma in quel caso... Quali compromessi poteva mai trovare? Con chi?

C'era farina sparsa ovunque, senza soluzione di continuità.

E c'erano pezzi di sangue. E denti.

Un agente gli mostrò un canino molto lungo e tutto cariato. Fu una delle cause che gli riaccese la voglia di vomitare.

5

Ik era salito per la collina che porta alla chiesa di Santa Lucia. Aveva evitato – non per sua volontà ma perché portato dall'istinto – l'abitatissimo parco Cesarole (una fortuna sfacciata per gli abitanti di tale popolosissimo quartiere di Caserta!) e si era diretto verso l'alto, in una zona piuttosto incolta e disabitata. Verso la chiesa di Santa Lucia e le cave di cemento.

La chiesa di Santa Lucia forse è un santuario, ma non ne sono sicuro. Non sono sicuro nemmeno che tra chiesa e santuario vi sia differenza. Forse sono la stessa cosa.

Mi ricordo che alla chiesa di Santa Lucia fanno un pellegrinaggio a piedi, in un determinato giorno dell'anno che sinceramente non ricordo. D'altra parte, ad Ik non interessava nulla. Lui non aveva né santi né chiese, nella sua testa.

A lui interessava soltanto trovare il miglioratore, quella sostanza particolare che può trasformare un pane fragrante e pieno di mollica in una navicella spaziale.

Arrancò lungo la salita, quasi strisciando. Gli alieni come Ik vivono in pianura. Al massimo camminano in diagonale mai verso l'alto e verso il basso.

Allora perché non era andato verso parco Cerasole? Perché non era stato attratto dalla trasversalità e dalla diagonalità del becero quartiere casertano?

Forse perché lì, sulla collina, aveva sentito odore di miglioratore?

6

Il commissario Martino non sapeva che pesci prendere. Fino a quel momento era stato un solerte funzionario, ma più una specie di impiegato della Telecom che un poliziotto stile L.A. Police Department. Si era fatto trasferire nella zona San Clemente – Centurano proprio per stare tranquillo e farsi i fatti suoi. Si rammaricò che l'omicidio non fosse avvenuto in zona Parco Cerasole, perché sarebbe stata già sotto la giurisdizione di un altro commissariato.

Cercò di fare mente locale. Dai brandelli di pelle e di vestiti e dal sangue, la polizia scientifica aveva appurato che i morti erano i due coniugi proprietari del forno Antonio e Maria Concetta Falardo. Il fatto però che fossero stati letteralmente sminuzzati lasciava pensare all'utilizzo – da parte dell'assassino – di strumenti particolarmente efferati come trapano, martello pneumatico o qualcosa del genere.

Non era tutto delle parti mancavano completamente. Nel forno era rimasto il sangue, erano rimasti dei pezzettini (molto piccoli) ma non c'era quasi più traccia dei Falardo.

Lesse il verbale con l'interrogatorio del figlio dei Falardo Giuseppe, scritto e sottoscritto dall'ispettore Pollastro. Era un interrogatorio molto approfondito ma non giungeva a niente.

Il figlio non c'era. Non aveva avuto sentore di niente. Non credeva che i suoi genitori avessero dei nemici. Non sapeva che i suoi genitori pagavano il pizzo.

I Falardo pagavano il pizzo, certo. Come tutti. Il commissario Martino lo sapeva bene.

Tutti i commercianti della zona erano tenuti a versare una cifra intorno al cinque per cento degli utili al capocamorra Giacinto Papa.

Giacinto Papa abitava in una villetta in via Montagna e se ne stava tutto il giorno in panciolle. Al massimo faceva il baby sitter alla nipotina.

Avevano rapporti fitti, il commissario e Papa. Papa diceva al commissario di cosa non doveva occuparsi e lo ricompensava ogni tanto con soffiate esclusive. Faceva comodo sia al capocamorra che al commissario.

7

Ik giunse piano piano al termine della salita. Aveva sì incrociato dei camion pieni di massi, ma si era finto morto e non era stato notato.

Girò a destra e penetrò nel sagrato della chiesa di Santa Lucia. La chiesa di Santa Lucia era chiusa. Cioè era chiuso il portone dell'edificio, ed era chiusa anche la porta della casetta adiacente, dove una volta c'erano i vecchi e dove ora si era impiantato il prete.

Ik aveva mangiato un pezzo d'asfalto, lungo la strada, ma non gli era piaciuto. Provò il bronzo del portone della chiesa. Andava mooolto meglio. Gustoso e con la giusta componente salina.

Non sapeva che si trattasse di bronzo e non sapeva che stava entrando in una chiesa. Sul pianeta di Ik non esistono le chiese e uno come Ik non poteva avere nessun rispetto per le immagini dei santi o per l'altare. Se anche qualcuno gliel'avesse spiegato, non sarebbe mai riuscito a comprendere.

Sul pianeta di Ik cose come l'Oltretomba, la Religione, il Paradiso, l'Inferno non sono contemplate.

Non stupitevi dunque, e non inorridite. Ik prese una statua di padre Pio da Pietralcina. Di San Padre Pio da Pietrelcina. La assaggiò con una leccata. La trovò di suo gradimento.

Diede un gran morso alla statua e staccò la testa. Poi divorò il collo, le braccia benedicenti e le gambe.

Era particolarmente gustoso, per Ik, padre Pio da Pietrelcina.

8

Il commissario Martino si era messo le mani nei capelli. Ne aveva tanti, foltissimi. E portava una barba bianca piuttosto incolta.

Era arrivato sulla chiesa di Santa Lucia in seguito a una segnalazione.

Qualcuno aveva guardato in alto e aveva visto che mancava la chiesa.

Sembrava una battuta, una presa in giro, ma era verissimo. Mancava la chiesa.

Com'era possibile?

Non restava nemmeno un frammento minuscolo, della chiesa. NÉ dell'interno né dell'esterno.

Era come se l'edificio, compreso il pavimento e parte delle fondamenta, fosse stato divorato da una bestia feroce.

Ma non esistono mangiatori di chiese.

Se ne stava lì, davanti al buco lasciato dalla chiesa e dall'ex ospizio. E pensava.

Pensava che una volta lì c'erano i vecchi, e che i vecchi erano stati trasferiti, un bel giorno, alla fondazione Battiloro di San Nicola la Strada.

Era stato Don Giacinto Papa a farli trasferire. Aveva detto al sindaco – Falli trasferire – e il sindaco aveva eseguito.

– Forse sono stati i vecchi – pensò.

Ma gli sembrava troppo assurdo.

9

Giacinto Papa, nella sua casa di via Montagna 2, beveva il caffè e telefonava.

– Antonio Falardo era amico mio! Ed è successo nella zona mia! Antonio Falardo mi faceva sempre portare il pane a casa, e io non gli ho mai dato un centesimo! Antonio Falardo mi ha sempre fatto gli auguri, il giorno del mio compleanno e a san Giacinto... –

Un silenzio, e poi...

– Non ci sono *ma* che tengano se sto ad aspettare il commissario, sto fresco. Se aspetto Martino, i corpi non saranno mai più ritrovati. Devo fare io. Devo fare a modo mio. Devo indagare io –

Un altro silenzio, e poi...

– Mandate qualcuno sulla collina. Verso le cave. Andate a vedere cosa è successo. Mi ha telefonato un poliziotto amico mio e ha detto che non c'è più la chiesa. Com'è possibile che non ci sia più la chiesa? Andate a vedere! –

Un ennesimo silenzio, e poi...

– Sì sì, lo so che non c'entra la chiesa con Falardo, ma anche quella è zona mia. MIA!!! COMANDO IO!!! A CENTURANO E SAN CLEMENTE COMANDO IO!!! –

Aveva strillato talmente forte che il telefono stava per decidere di andare in pensione. Ancora un secondo e sarebbe esplosa la cornetta.

10

Finalmente Ik l'aveva trovato! Il miglioratore! Quintali, tonnellate di miglioratore!

C'erano camion al lavoro, ruspe, gru, macchine di tutti i tipi.

La cava Moccia è un tormento per tutti quelli che abitano nella zona di Centurano–Parco Cerasole.

Ik non lo sapeva, ma stava per mangiarla. Stava per distruggerla in pochi bottoni.

Aveva bisogno di mangiare il miglioratore e ruminarlo nello stomaco insieme alla farina, per poi sputarla in forma di bolla.

Mangiò due uomini senza capelli, un uomo con la barba e uno con i baffi, due biondi e tre bruni, sei giovani e 2 vecchi.

Mangiò 6 camion, un bel po' di calce viva e ancora cemento, e ancora metallo.

Tutti strillavano, si dimenavano, cercavano di scappare, ma Ik era troppo veloce per chiunque. Quelli come Ik vivono ad un ritmo accelerato.

Cominciò ad addentare la collina e a nutrirsi di miglioratore.

Le colline intorno Caserta sono famigerate. Sembrano colline mangiate da bestie fameliche.

Invece sono state le cave.

Spesso le associazioni ambientaliste hanno cercato di battersi.

– Via le cave da Caserta! Vogliamo una città pulita! –

Ik stava facendo molto di più. Stava divorando la collina intera. Per lui la collina era il miglioratore. Solo con il miglioratore sarebbe riuscito a ripartire.

Digerì velocemente e sputò la palla bianca. Poi si sdraiò al sole ad aspettare, aspettando che crescesse.

11

Giacinto Papa aveva ricevuto una telefonata assurda, incredibile.

Un suo affiliato Silvio Leotta, si era messo a gridare e a spaccargli i timpani senza riuscire a spiegarsi.

– È sparita! Non c'è più! È la fine del mondo! –

– Ma cosa? –

– Non c'è più! È sparita! Non la vedo più! –

– Ma cosa? –

– La parte di parco Cerasole che era in ombra adesso è al sole. Non c'è mai stato il sole qui. È sparita la collina! –

12

Mentre era ancora alla chiesa di Santa Lucia, il commissario Martino aveva visto una cosa strana. Stava sparendo la collina. Tutta la parte di collina sopra di lui.

Il fenomeno era strano, stranissimo. Era all'ombra. E poi l'ombra era sparita.

Ma non era girato il sole. Non ne aveva avuto il tempo. Era semplicemente sparito l'ostacolo tra lui e il sole. Un ostacolo fatto di rocce e di terra e di piante e di radici e di costruzioni abusive e di uomini.

– Commissario, che facciamo? – gli chiese l'agente semplice Dario Bucci.

Dario Bucci aveva la tipica faccia da agente semplice. Non sarebbe mai riuscito a diventare commissario, anche se sicuramente lo sognava e lo desiderava. Non sarebbe mai diventato nemmeno semplice ispettore.

Il commissario, risoluto, guardò verso l'altro.

– È successo qualcosa. Alla cava, forse. Avranno messo troppa dinamite.

– Ma io non ho sentito nessuna esplosione – disse Dario Bucci.

– Andiamo a vedere – disse il commissario Martino.

13

Quando Giacinto Papa salì sulla collina dimezzata, vide le macchine della polizia ferme vicino alla chiesa che non c'era più. Notò la chioma brizzolata di Martino e pensò

– Lo costringerò a dimettersi. Farò venire un altro commissario, a Centurano.

Ma i suoi pensieri dovettero frenare bruscamente, insieme alla strada, che a un certo punto finiva nel nulla, come se mezza collina e tutto quello che conteneva fosse sparita nel nulla.

Non sapeva, Giacinto Papa, che quella massa scura lì accanto era Ik. Ik dormiente e innocuo.

In quel momento avrebbe facilmente potuto sparare sull'alieno, se l'avesse riconosciuto come tale e se avesse anche solo sospettato l'esistenza degli alieni.

– È la fine del mondo – pensò il capocamorra.

Una palla bianca vicino alla massa scura, fino a quel momento immobile e inespressiva, cominciò a tirar fuori vapore e a gonfiarsi a vista d'occhio.

– Che succede? – pensò Giacinto Papa.

I due camorristi di piccolo calibro che gli avevano fatto da autisti, Mattia Menditto e Ciro Scialli, spalancarono gli occhi atterriti.

– Don Giacì – disse Menditto – *Fujmmecenne* –

Ma don Giacinto era come incantato dalla palla bianca. Una palla bianca che sulle prime non aveva quasi notato. Sembrava un anonimo ammasso di materiali da costruzione. Archeologia urbana. Parte del paesaggio. Adesso però la palla cresceva. E i due piccoli camorristi – Menditto e Scialli – tremavano come foglie.

– Andate a vedere che sta succedendo – disse Giacinto papa – Ciro, vai a toccare la palla –

– Don Giacì – disse Scialli – Io *tengo* paura –

Don Giacinto sbuffò e gli fece cenno di obbedire, guardandolo con occhi infuocati.

Non l'avesse mai fatto! La massa anonima e informe si ridestò e mise in mostra tutti i denti.

– Gesù, e chi li aveva visti tutti questi denti? – ebbe appena il tempo di pensare don Giacinto, prima di finire divorato in tre morsi, insieme ai suoi luogotenenti e all'automobile.

14

Sulla sommità della collina era cambiato tutto. La collina non c'era più. Era rimasta solo fino alla chiesa di Santa Lucia. Dalle cave in su, era sparito tutto.

Le due auto della polizia si fermarono più o meno all'altezza dello strapiombo, ma nessuno ebbe il coraggio di uscire dall'auto.

Se ne stettero immobili a fissare la palla bianca che non doveva essere lì e che pure c'era. Nessuno ebbe il coraggio di dire una parola. Nessuno accennò alla palla bianca.

Il commissario Martino sentì che qualcuno gli metteva paternamente una mano sulla scapola destra. Era l'agente Bucci.

L'agente Bucci stava molto simpatico al commissario Martino. L'agente Bucci aveva adesso negli occhi un terrore assoluto.

Il commissario Martino pensò che stavano vivendo una scena di un film giallo.

Un altro agente strillò, all'improvviso.

– Guardate!!! –

Il commissario Martino sobbalzò e un po' si dispiacque che il silenzio fosse stato rotto.

L'agente stava indicando, un po' più in là della palla bianca, appoggiata a una massa scura indefinita, una targa d'automobile.

CE4032333

– Non è la targa di... – fece per dire Dario Bucci.

Il commissario gli toccò la mano che gli teneva sulla scapola. L'agente Bucci tacque.

La palla bianca cresceva a dismisura. Era diventata alta almeno...

– Sei metri – pensò il commissario.

– Commissà – fece l'agente Bucci – Io andrei –

Il commissario Martino non parlò. Pensò soltanto che lui non si intendeva di quelle cose. Non si intendeva di polizia, di omicidi, di violenza. Tantomeno di colline dimezzate. Lui era specializzato a combattere l'associazione a delinquere di stampo mafioso. Anzi lui era sulla busta paga dell'associazione a delinquere di stampo mafioso, ed era in pace con la coscienza perché era convinto che lì, nella circoscrizione di Centurano–San Clemente, l'assenza dello stato non solo consentisse, ma addirittura pretendesse, la presenza della Camorra.

Il commissario non parlò. Vide che la palla era cresciuta ancora. Mosse la testa e guardò negli occhi l'agente Bucci.

Erano occhi imploranti di animale smarrito.

– Andiamo – disse ancora l'agente Bucci.

L'altro agente, quello che aveva visto la targa, comunicò all'altra macchina che bisognava rientrare in commissariato. Le due automobili si mossero prima lentamente, poi sempre più veloci, e quando sfiorarono lo spiazzo vuoto bucato dove prima c'era stata la chiesa di Santa Lucia superavano i 120 all'ora, in una strada stretta, in discesa e in curva.

15

Ik si ridestò. Aveva fame. Doveva mangiare ad ogni costo.

L'astronave era ormai pronta. Ne divorò gli interni così da scolpire la cabina di pilotaggio.

Aveva fame. Stava morendo di fame. Doveva mangiare assolutamente.

Pensò al suo pianeta. Alle fontane di farina e miglioratore. Alle montagne vive di metallo che ricrescevano subito dopo essere state divorate.

Entrò nella navicella e si spalmò al posto di comando. Mise in moto.

La farina e il miglioratore tossirono, come se faticassero ad avviarsi.

Poi si avviarono, dopo alcuni tentativi.

Chi avesse guardato verso l'alto, da quella zona di parco Cerasole che prima era all'ombra, avrebbe visto una palla bianca librarsi veloce nell'aria.

Come una mongolfiera a reazione. Come una di quelle punizioni legnose e potenti calciate verso l'alto, molto più in alto della porta, da un calciatore di serie Z.

Musullino

– La Patria è dove nascesti, dove mangiasti e dove morirai – Questo diceva mia mamma, ma io pensavo che la patria fosse solo e unicamente quella che ti dà da mangiare e che ti offre il ventre tremebondo di una donna...
...infatti mi avvicinai all'empia baldracca rattrappita nonché – perdinci! – stesa supina sul letto e l'infilzai – spavaldo – brandendo l'irta colonna.

Ecco. Puro oggi aggio copiato il pezzo di libbro di Pitigrilli. Il resto del seguito lo scrivo domani.

Io voglio scrivere pecchè scrivere mi piace e per scrivere mi sono messo a copiare e copiando copiando sto imparando a scrivere.

Io sono Peppe e sono il patro di un figlio solo. Mio figlio l'aggio chiamato Giacinto.

Musullino non mi a mai voluto bene pecchè o fatto un figlio solo. Ma io tengo una moglia sola. Mica sono Musullino che sono pieno di femmine.

Io sono una persona normale e non comando. Musullino dice che la brava moglia deve tenere le corna. Io non le aggio mai messe le corna alla mia moglia.

Ma comuncue io voglio scrivere ora di quando Musullino è venuto a Caserta e io l'aggio conosciuto. È stato un giorno molto importante per Caserta e Musullino è venuto con il cappotto e la faccia tutta contenta che pareva che diceva – Io sono Musullino.

Non mi è mai piaciato Musullino. È una brava persona e fa arrivare i treni in tempo, tanto che molto spesso io stevo perdendo il treno, ma poi non l'o preso lostesso pecchè o arrivato un minuto tardi e il treno era partito un minuto prima. Perciò io sono andato a Caserta davanti alla Reggia per sentere che cavolo ciaveva da dire. Qualche volta l'o sentuto alla radio, ma non troppo spesso. Quande volte che l'o sentuto mi è sembre sembrato che fa dormire.

Mo copio un altro pezzo di Pitigrilli che sembra proprio che parla di Musullino.

Aveva gli occhi di ghiaccio. Quando entrava in una stanza, sembrava che tutto si fermasse intorno a lui. Che anche le mosche smettessero di volare.

Mia moglia dice che Musullino è bello. Ogni volta che io dentro al letto non ce la faccio a fare quelle cose là lei dice – Io ti lascio e mi sposo a Musullino. E io dico – Rosa, ma Musullino non tiene i capelli. E lei mi dice – Musullino tiene gli occhi che ti spiano fino dentro alle cotolette del fegato. Musullino è bello e vuole bene alle donne. Musullino è grande e buono. Musullino è molto inteliggente e molto bravo.

Io non sono daccordo con queste cose. Io penzo che Musullino è un chiattone e uno che non tiene i capelli.

Perciò – quando Musullino è venuto a Caserta e anno costruito questo grande grande palco scenico e tutta la gente era in mezzo alla piazza davanti alla Reggia tutti uno sopra allaltro, chi più chi meno, io ci sono andato pure io. Ci sono andato perché io volevo dire a Musullino che non è vero che lui è bello e piacie alle donne e non è vero che lui tiene questi occhi così belli che ti leggono dentro all'anima del cervello. Gli voglio dicere che io alla mia moglia ci voglio bene e non mi piace che lui dice che la moglia deve portare le corna, perché se la moglia porta le corna vuol dire che il marito è andato con un'altra moglia, e perciò anche il marito porta le corna.

Tutta la genta era là in mezzo ai campetti davanti alla Reggia. Però solo le gente vestite nere gridavano – Musullino! Musullino! Le gente vestite normale se ne stavano per i fatti loro e stavano tutte curiose che era venuto Musullino, perché Musullino non era mai venuto a Caserta.

C'erano tutti quelli di Centurano Francuccio il barbiere e Antonio il salumiero con tutte le mogliare. Solo le mogliare però sembravano contente che veniva Musullino, e di fatti si erano vestite con i vestiti belli.

Io me ne sono messo in un angolo vicino al palco scenico. Era pure un angolo da dove sapevo che passava Musullino. Io lo volevo fermare quando passava perché ci dovevo parlare.

Per parlarci mi sono copiato il libro di Pitigrilli. Quella frase che fa

– La Patria è dove nascesti, dove mangiasti e dove morirai.

e quell'altra che fa

La mia Patria è tra le sue cosce, il mio Destino tra i suoi seni, il mio futuro tra le sue chiappe...

Mi sarebbi avvicinato a Musullino tutto incacchiato, col foglio copiato dentro le mani. Gli avrebbi detto – Tu, Musullino, leggi qua. I guardi mi pigliassero e io gridassi – No, Duce, non mi fare riempire di mazzate, io ti devo fare leggere una cosa...... E nel mentre io darebbi il foglio di Pitigrilli a Musullino i guardi mi guardassero dentro all'occhi e io sorrido.

E proprio quando sorrido è quando mi incacchio. Partirebbi come un leone e gli piazzassi un calcio nelle palle. Uno di quei calci che poi lui se li ricorda tutta quanta la vita.

E griderebbi – Musullino, io non sono una povera bestia! Io sono uno che legge i libbri! Io sono uno che non è andato alla schola ma che si è imparato tutto sopra ai romanzi! Io non sono un fesso che si fa fottere la moglia!

Perciò io me ne sono annato annanzi a questo palco scenico a aspettare il duce e sono stato là ad aspettare il Duce. Ma il Duce non veniva. Veniva solo la gente però mica faceva bordello come si sente alla radia se ne stava zitta zitta e non parlava nemmanco tra di loro.

Mia moglia l'avevo lasciata a casa e non l'avevo nemmanco chiusa di dentro. Le aveto diciuto – Tu faci quello che voi, tanto io poi so come mi devo comportare. Io non ti chiudo di dentro la porta, ma se fai la sgualdrina poi mi stai a sentere a me quello che ti faccio.

Mia moglia s'è un po' spaventata pecché mi a visto tutto quanto arraggiato. Quando mi arraggio io faccio paura.

La genta – stavo dicendo – se ne stava accorta a non dicere niente, ma se ne stava puro accorta a non guardare a nessuno. Io per la radia o sempre sentito che la gente allucca – Duce! Duce!

Allora aggio pensato che non è overo che la gente allucca – Duce! Duce! – e che alla radia mettono i dischi per fare vedere che la gente allucca.

Era passata più di mezora e il panzone senza i capelli ancora non si aveva visto. Io mi stavo quasi rompendo di stare a aspettare il panzone.

I cafoncelli con le camice nere e coi cappelli neri prendevano un poco di persone e dicevano – Dovete alluccare! Così la gente a cominciato a alluccare. E io ò capito pecchè tutti nella radia alluccano – Duce! Duce! Quando quelli neri anno fatto alluccare a un sacco di gente, è arrivato il duce insieme a uno chiatto chiatto più chiatto di lui e uno piccolo piccolo con i baffi.

Io ero propeto vicino a Musullino. Mi a passato a due metri e allora ci o gridato – Senti, duce! – e lui non mi a manco guardato. E allora io o alluccato ancora più assai

– Duce! Duce! –

E lui mi a guardato, ma pensava che io stavo alluccando – Duce! Duce! – come quelli della radia e non mi è stato a sentere.

Ci sono andato più vicino e un uomo nero mi a bloccato e mi a preso per le bracce.

– Uè! – o diciuto – E che maniere sono queste! Io a Musullino ci devo dare un foglio che o scritto per lui con le mani mie –

– Sì! Sì! Mò ti ci porto io da Musullino – a diciuto l'omo nero.

Ma mica mi stava portando da lui, mi stava portando da tutta quellaltra parte.

O riuscito a cacciare il foglio da dentro alla tasca. L'o dato al fascisto. Il fascisto se l'è preso, l'a guardato e l'a stracciato.

Continuava a strascicarmi in mezzo alla genta e mi pareva che mi voleva portare dentro all'Inferno per sempre, tanto che pareva un diavolo.

Invece a un certo punto è caduto per terra. Io mica lo capito come a fatto a cadere per terra. Poi aggio capito che gli anno miso lo sgambetto.

Il fascisto nero a caduto e io o riconosciuto il barbiere di Centurano che gli saltava ncoppa colle scarpe e alluccava – Viva il re! –

E poi tutta la genta che alluccava e che scappava, pecchè un altro fascisto nero era comparuto e si era incazzato. Aveva alluccato – Uè! Guagliò! – e aveva infilzato la baionetta del fucile dentro alle spalle del barbiere.

Poi era arrivato il salumiero e col coltello del formaggio aveva tagliato la parte di sotto della testa al fascisto nero che aveva sparato al barbiere. Io me ne fregavo assai di tutto questo. Io volevo parlare con Musullino. Puro si il fascisto mi aveva stracciato il foglio che mi doveva servire da scusa, mi sono annato a infilare in mezzo alla genta che mò scappava pecchè avevano sparato.

O visto Musullino che steva sopra il palco scenico e manco un solo fascista steva vicino al duce. Tutti i fascisti stevano andando dal barbiere e dal salumiero a riempirli di mazzate, se li trovavano ancora vivi.

Sono sagliuto sopra al palco e nisciuno mi a fermato. Musullino mi a guardato e dentro alli occhi teneva la paura. A pensato – Mò muoio pecchè questo mi sta venendo a scannare.

Invece io ci sono andato vicino e ci o fatto il saluto fascisto come piace a lui. E ci o detto.

– Mussullì, lo so che tu ai una bellezza di uomo più bella della mia, ma tu alla mia moglia la devi lasciare stare –

Lui mi a prenduto per un braccio e mi a guardato con quell'occhi che tiene. Tieni proprio occhi di pazzo ma secondo me è puro un poco cecato. Pare che tiene lo sguarto da masculo acchiappatore pecchè non ci vede.

– Per l'amor di Dio – a ditto – Portami da n'ata parte... Portami a casa toia. Salvami da questo casino –

Io l'aggio guardato. Io ci vedo bene.

– Vieni co me, Musullino. Ti offro un pocorillo di limongello fatto in casa.

L'o prenduto per le mano e l'o portato appresso a me. Tuttintorno cera un bordello grosso grosso, ma io lo fatto passare per via dei cavallerizzi e lo portato per i vicoli che conosco io, e dopo nu poco ce ne stevemo tutti e due soli solilli in mezzo alla strata.

O diciuto – Musullino, io sono molto contento che tu mi ai fatto lonore di venire insieme a me alla casa mia, pecché io mai sono stato così contento di fare l'amicizia con una perzona importante che comanda a tutte le perzone. Ti faccio bere tutto il limongello che teniamo dentro alla casa.

Lui manco parlava. Se ne steva zitto zitto come a un cano vattuto. Se ne stava dentro al capputtone tutto come se tenesse freddo.

Siamo trasuti dentro al portone della casa. O aperto con il chiavone grande e Musullino a guardato il chiavone e sicura mente a penzato – Ma che chiavone grande che tieni.

Dentro al purtone o chiamato la mia moglia – Rosa! Rosa! Vieni a vedere chi t'aggio portato! N'amico mio che o canosciuto in mezzo alla piazza.

Ma Rosa non a risponnuto nemmanco zitta zitta. Allora o capito che se n'era andata puro lei a sentere Musullino che parlava in mezzo alla piazza.

Che fesseria! Se n'era annata in mezzo a tutto quello casino e manco sapeva che Musullino veniva dentro alla casa mia come se fosse n'amico.

– Siedi dentro alla sedia buona – o detto a Musullino che manco allora steva dicenno nemmanco una parola. Gli o preso la sedia meno scassata e lui si a seduto sopra tranquillo tranquillo.

Poi mi a guardato con quell'occhi cecati e mi a detto

– Camerato, tu oggi ai fatto pell'Italia una granta cosa. Ai salvato la vita
del duce che è una perzona importante e mica è como salvare un cane
nei reggi lagni –

Io o riduto come una perzona cuntenta e gli o prenduto il limongello e
due bicchierini per farlo bere al duce di tutti l'italiani.

Il duce a prenduto il limongello e se lè bevuto tutto quanto. Gli piaceva
assai e a detto che lui non lo aveva mai bevuto pecchè lui era uno del
nord e non canosceva i beri della bassitalia.

Gli a piaciato proprio assai. Più glielo mettevo dentral bicchiere e più
se lo beveva. Ci siamo fernuti la prima butteglia e abbiamo cominciato
a berci la seconda.

Mentre bevevamo, Musullino mi raccontava della figlia che faceva la
capembrella e teneva un sacco di uommini che le facevano la pusteggia
ma lei non voleva a nessuno. Steva assai prioccopato per chella ragaza.

Io gli o diciuto – Musullino, tu mi parevi una perzona che si vuole fare
tutte le femmine invece tu ai i figli e li vuoi bene. Io oro scrivo e leggo
pecchè tu ai fatto leggere e scrivere le perzone, e pecciò ti voio bene.
Pecchè tu mi ai fatto leggere Pitigrilli.

Musullino parlava sempre lui e mica steva a sentere chello che dicevo
io. Parlava e beveva e si era già fernuto la seconda butteglia di
limoncello.

Allora sono andato a pigliare la butteglia del vino spumantino sotto alla
cantina. Gli o detto – Musullino, tu non te ne andare pecchè io scenno
nella cantina. Ma lo sapevo bene che non se ne poteva annare pecchè
steva troppo imbriaco –

Quanno sono ascito e stevo scennenno nella cantina, o veduto mia moglia che traseva nella porta con la chiava sua.

Mi a diciuto – Dove stai annando, non lo saio che è succieso in miezzo alla piazza. Anno sparato a Musullino e Musullino non si sa nemmanco che fine a faciuto.

– Zitta! Zitta! – le o diciuto – Musullino sta al tavolo nostro e si è imbriacato con le butteglie di limongello –

A fatto la faccia ianca e non ci voleva cretere. E io o diciuto – Vai nella cucina se non ci creti e dici che sei la mia moglia. Musullino non è un omo di niente ci aggio parlato e aggio veduto che non tiene sempre le femmine dentralla testa, ma penza puro ai figli –

Sono scennuto dentralla cantina e mia moglia è antata nella cucina a vetere se ci steva Musullino.

Mentre scennevo nella cantina, sono pure caruto. Mi sono fatto un poco male, ma non propio assai male. Però i bracci e i gambi si sono tutti scortacchiati.

Quanno alla fine sono riusciuto a sagliere sopra alla casa con la butteglia del vino spumantino, sono entrato dentralla cucina e mia moglia e Musullino se nerano annati.

Allora o diciuto – Musullino! Musullino! –

Ma nessuno a risponnuto.

Allora sono annato a vedere fuori al cortille dentral bagno se steva l'à dentro a cacciare chello che aveva bivuto. Ma Musullino non ciera dentral bagno.

O cercato pella casa tutta quanta e non ciera e non ciera nemmanco Rosa, puro se io alluccavo – Rosa! Rosa!

Poi o veduto la porta della cammera da letto che steva chiusa, ma io la lascio sempre apruta. Ci sono annato vicino e la volevo aprere, ma chella steva chiusa a chiave.

Mi sono subito capito che steva succedenno e mi sono incacchiato tutto quanto. O apruto la porta per ascire fora e o corruto nella strata. O corruto pecchè volevo vedere che fine aveva fatto il salumiero.

Ci volevo dire una cosa.

Mario è pazzo

Mario Lucci abitava in cima a una salita ripidissima. Dina si lamentò parecchie volte. Disse che avrebbero potuto prendere la macchina e salire con la macchina. Giorgio disse che non ne valeva la pena perché erano pochi passi, anche se sembrava ripido.

Dina disse che ne valeva la pena eccome, che hanno inventato le macchine proprio perché le gambe non ce la fanno ad affrontare le pendenze troppo estreme.

Dina aveva torto, in fondo. Giunsero davanti al palazzo di Mario solo un po' affaticati. Giorgio tentò di abbracciare Dina. Dina lo scansò. – Puzzo – disse.

Giorgio ritentò di abbracciare Dina. Dina fece la faccia spaventata

– Non incombere così su di me ti prego – disse Dina.

Una pausa.

– Voglio solo abbracciarti – disse Giorgio – Significa incombere su di te, tentare di abbracciarti? Mi pare normale il desiderio di contatto fisico, di odori, di sensazioni tattili...

– Puzzo! – disse Dina, scansandosi.

Una pausa silenziosa. Un sorriso di Giorgio e un rutto di Dina.

– Dai – disse Dina – Saliamo dal tuo amico... Abita qui?

– Sì – disse Giorgio, con un po' di ansia e una leggerissima assenza di volontà.

– Bussa, dai – disse Dina – Andiamo a trovarlo...

– Te l'ho detto – disse Giorgio – Non è simpatico... Prima ci vedevamo sempre, o almeno ci sentivamo... Poi è diventato antipatico.

– Perché? – disse Dina, buttando in faccia a Giorgio una zaffata acida di birra.

– È malato – disse Giorgio – L'ultima volta che l'ho visto aveva brufoli ovunque...

– Embè?!??! – disse Dina...

– Ovunque – disse Giorgio – Anche sugli occhi e sulla lingua, sui capelli, in mezzo alle orecchie, nelle narici...

– Ma che schiiiifo! – fece Dina, inorridita – Ma che malattia ha?

Una pausa.

– Non lo so – disse Giorgio, pigiando col dito indice della mano destra il pulsante nero con la scritta argento – Adesso lo conoscerai... Non ti meravigliare di niente...

Attesero alcuni secondi. Dina stava sudando. Dina aveva un fisico asciutto anche se flessuoso, mentre Giorgio era – diciamolo – decisamente grasso.

Eppure era Dina che stava sudando, probabilmente per la birra.

Qualcuno aprì il portoncino da sopra. Giorgio lo spinse e fece segno con la testa a Dina di passare lei per prima. Dina non capì.

– Dai, vieni – disse Giorgio.

Una pausa.

Dina non si mosse.

– Sicuro che non c'è nessun pericolo? – disse Dina.

Giorgio ridacchiò.

– Con Mario? – disse Giorgio – Sei scema?

– No? – disse Dina.

– Ma vieeeni! – disse Giorgio.

Dina lo seguì, ma controvoglia, leggermente ubriaca e quindi instabile sulle gambe. Giorgio l'aspettò e la prese per mano.

S'incamminarono lungo le scale senza ascensore. Giorgio faceva la locomotiva e Dina i vagoni.

Mario li aspettava in cima alle scale e – quando vide Giorgio – gli si illuminò il viso, gli si aprì la bocca come una saracinesca, gli si allargò il naso.

Lanciò un gridolino.

– Cacchio! – gridò, esclamante e giulivo – Giorgio!

Gli si lanciò addosso in un impeto di gioia.

– Che piacere! – disse Mario – Giorgio! Che piacere immenso! Da quanto tempo non ci vediamo?

Un silenzio confuso, indecifrabile.

– Lei è la mia ragazza – disse Giorgio, indicando Dina.

Dina sorrise. Porse la mano a Mario senza convinzione. Mario gliela strinse.

– Ma dai – disse Mario, sorridendo a più non posso – Ma non mi dire... È la tua ragazza?

Giorgio annuì, imbarazzato. Mario li invitò ad entrare.

– Che ci fate da queste parti? – disse Mario – Siete venuti a Caiazzo apposta per farmi una sorpresa? Mi fa piacere...

– Siamo andati a pranzo da Pepe – disse Giorgio – Pepe ci ha detto che eri a Caiazzo, e allora siamo venuti a trovarti...

Mario starnutì, violentemente.

– Scusate – disse Mario.

Dina fece la faccia molto strana.

– Non è contagioso, non ti preoccupare – disse Mario a Dina.

– Cosa? – disse Dina.

– Il raffreddore – disse Mario.

– Oh – disse Dina, facendo spallucce.

Mario li precedette nello stretto ingresso, li accompagnò attraverso l'angusta anticamera e – una volta che furono nel piccolo soggiorno – fece segno che potevano sedersi.

Mario sedette in una poltrona marrone logora, Dina su una sedia (soffriva di schiena) e Giorgio su un angolo del divano marrone logoro.

Una pausa spenta.

– E così state insieme... – disse Mario – Che meraviglia!

Giorgio sorrise. Dina anche.

– E da quanto tempo?

Una pausa.

– Un anno e quattro giorni – disse Dina.

– Così tanto? – disse Mario.

C'era un motivo ornamentale stranissimo sulle mattonelle della casa di Mario. Era come un elefante che mangia se stesso. Qualcosa di molto difficile da spiegare.

– E vi volete bene? – disse Mario.

Dina e Giorgio fecero per rispondere contemporaneamente, all'unisono.

– No! No! – li interruppe Mario (prima che parlassero) – Uno alla volta...

– Io sì – disse Dina – gli voglio bene.

– Io sì – disse Giorgio – le voglio bene.

– Non basta – disse Mario – Dovete spiegarvi meglio.

Una pausa d'imbarazzo.

– Cioè... Da quali sensazioni siete partiti e dove siete arrivati? Come è cominciata? Come è continuata? Come si evolve?

Mario ebbe una raffica di colpi di tosse violentissima. Si scosse tutto. Dina e Giorgio non si mossero, anche se erano pronti a scattare, preoccupatissimi.

– Non vi preoccupate – disse Mario – Non è contagioso.

Una pausa.

– È da poco che ho il raffreddore – disse Mario – Fino a l'altro ieri avevo la diarrea... Mi faceva sempre male la pancia e avevo sempre sonno. Dormivo due o tre ore. Mi addormentavo senza nemmeno accorgermene, e quando mi svegliavo mi faceva male la pancia e dovevo correre in bagno, e facevo una cacca liquida terribile... Qualcosa che non augurerei a nessuno... E poi mi bruciava tutto il sedere...

Giorgio e Dina si guardarono nel viso imbarazzati, esterrefatti.

– Poi a un certo punto mi è finita la diarrea e mi è venuto il raffreddore – continuò Mario – È così questa malattia...

Dina lo guardò socchiudendo gli occhi, con il magone nel petto e un groppo in gola, curiosa e pietosa, triste.

– Che malattia hai? – disse Dina.

Una pausa.

Mario scosse la testa, più e più volte.

– Una volta mi sono fatto *chiattissimo* – disse – Sono diventato di 130 chili... Poi è passata, ma non m'è venuta subito l'anoressia...

– In che senso? – disse Dina.

– Dopo l'ingrassamento m'è venuta la scoliosi – disse Mario – Dovevo sempre stare diritto con la schiena, altrimenti mi faceva male... E dopo la scoliosi ho avuto la varicella, il morbillo, la tosse convulsa... E solo dopo sono stato anoressico... Sono arrivato a pesare sessanta chili...

Una pausa.

– Ora mi avete preso in un buon periodo – disse Mario – Sto bene.

Starnutì.

– Insomma... – disse Mario – Ho poco o nulla...

Una pausa.

– Beh – disse Mario – Ci avete pensato, ora? Potete rispondermi?

Una pausa.

– Io ho sentito immediatamente che tra noi c'era una perfetta simbiosi fisica – disse Dina.

– Eppure, scusa se te lo dico e se faccio l'avvocato del diavolo, non si direbbe – disse Mario.

– Io ho sentito subito, appena mi sono avvicinata tanto a lui da captarne l'odore, che mi piaceva in profondità... – disse Dina – Lo so che non è facile da spiegare, ma è come se il suo odore mi gratificasse, mi sorprendesse, mi...

– L'odore? – disse Mario.

– L'odore? – disse Giorgio – Che c'entra l'odore?

Una pausa.

– Insomma... È qualcosa di profondamente naturale che mi lega a Giorgio...

Mario starnutì due volte.

– È qualcosa di naturale che mi lega a Giorgio... – ripeté Dina – Hai presente il desiderio di mangiare? O la voglia che ti può venire di un panino col prosciutto? Giorgio è questa voglia di panino col prosciutto...

Mario si aprì in un sorriso a trecentosessanta gradi, paterno e comprensivo.

– Insomma noi ci siamo conosciuti su internet, e ci siamo conosciuti per gioco... – disse Dina – O meglio per me era come un gioco... Io ero insieme a mio fratello davanti al computer, a chattare, e in genere lo guardavo mentre parlava con le sue amiche... È molto banale mio fratello, quando chatta... Molto noioso...

Mario tossì sette volte.

– Ogni tanto però mio fratello si stancava e mi diceva – Chatta tu! Voglio guardare!.. E io, per farlo contento, mi mettevo al computer, inserivo il mio nick e la mia password e mi collegavo... E mio fratello era vicino a me che guardava, che diceva – scrivi questo e scrivi quello...

– Ma se si era stancato di chattare, perché non si allontanava dal computer? – disse Mario.

– Mio fratello non si era stancato di chattare... – disse Dina – Cioè si era stancato di chattare in prima persona e voleva che lo facessi io per lui...

– Ma chattavi con le donne con un nick da uomo? – disse Mario.

– No! – disse Dina – Chattavo con gli uomini con il nick da donna... È così che ho conosciuto Giorgio... Giorgio aveva un nick bellissimo SCIATTO...

– Il cognome – disse Mario.

– Sì è il suo cognome, ma io non lo sapevo... E ho pensato – Ma che bell'idea... Uno che non ha paura a definirsi sciatto deve essere come minimo un pazzo... E quindi deve essere interessante...

– Ma l'hai conosciuto in chat sotto la spinta di tuo fratello? – disse Mario.

Giorgio guardava fisso Dina, con gli occhi spalancati come saracinesche aperte.

– Sì – ammise Dina, sorridendo – All'inizio sì... Silvio mi disse – Chiama questo! Guarda che nick cretino... Sciatto... Ma come si può? Che imbecille! Sfottiamolo un poco... E io ho detto – Va bene, Silvio... Sfottiamolo...

– E poi che è successo? – disse Mario – Come avete familiarizzato se c'era tuo fratello presente? È stato lui a dirigervi? A decidere il vostro incontro? Ti diceva lui cosa scrivere? Era lui a chattare materialmente con Giorgio?

– No! – scattò Dina – Non fraintendetemi... Non mi fraintendere, Giorgio... – aggiunse rivolta a Giorgio.

– Ma io lo so, amore mio – disse Giorgio guardandola con occhi innamorati e facendole dolcemente l'occhiolino.

– Mi spiego – disse Dina – È vero che era Silvio, quasi sempre, a fare le domande, a dettarmi quello che dovevo scrivere, ma le risposte che Giorgio dava, quel suo incantevole modo di scrivere che subito mi ha conquistata e quel suo impeto e quella sua ingenuità nell'esprimere giudizi sempre netti, erano per me... Non erano per Silvio...

– Bene – disse Mario.

– Silvio chattava con Giorgio, ma Giorgio chattava con me... Non so se è chiaro... – disse Dina.

Fuori era una bella giornata. Giorgio pensò che era assurdo starsene là a parlare con un alienato che una volta era stato di una simpatia indescrivibile e che adesso era diventato di una inopportunità unica al mondo.

– Ma quando avete preso il primo appuntamento, gliel'ha chiesto tuo fratello? – disse Mario.

Una pausa.

Giorgio era nervoso. Il respiro di Giorgio si sentiva forte per tutta Caiazzo. E anche Dina non era tranquilla. Mario diede un colpo di tosse, molto violento. Tirò fuori un fazzoletto giallo ocra dalla tasca e diede un altro colpo di tosse.

Giorgio ebbe il tempo di vedere, prima che Mario rimettesse il fazzoletto in tasca, che era macchiato di sangue.

– Mio fratello si era allontanato... – disse Dina – Ho aspettato che andasse in bagno...

Giorgio fece un tentativo per cambiare discorso. Magari non c'era verso, ma almeno un tentativo doveva farlo.

Se non avesse fatto un tentativo, poi Dina gli sarebbe saltata addosso appena usciti da lì gridandogli – stronzo! idiota! bastardo! hai permesso che mi facesse un sacco di domande personali e imbarazzanti e non sei intervenuto! cattivo! cattivissimo!

Mario starnutì più e più volte.

Dina le contò. 13.

– Insomma io ne ero già innamorata prima di conoscerlo – disse Dina...

Mario tossì.

– ...anche se gli scrivevo quello che mi diceva di scrivergli Silvio... – continuò Dina – E poi quando l'ho conosciuto ho visto che non era bellissimo ma non me ne è fregato nulla fin dal primo minuto... Ho subito notato altro... Sono stata subito conquistata dal suo odore, e bastava che mi toccasse, che mi sfiorasse...

– È proprio amore – disse Mario, sorridendo.

– Oh, ma io ne sono convinto... Ne sono stato convinto fin da quando l'ho baciata la prima volta... – disse Giorgio.

– Io da prima – disse Dina.

Mario tossì sedici volte. Tutte e sedici le volte furono colpi di tosse violentissimi, che lo scossero da capo a piedi. Né Dina né Giorgio si alzarono per aiutarlo.

Infine Mario se ne stette ansante con la faccia bassa, respirando affannosamente, con la bocca premuta contro il fazzolettone giallo.

– Scusate – disse Mario – Devo andare in bagno.

Giorgio e Dina si fissarono, senza sapere che fare.

Mario si alzò e se ne andò nell'altra stanza. Si chiuse dietro di sè due porte.

Una pausa.

– Vieni qui – disse Giorgio, indicando le sue ginocchia.

Dina scosse la testa.

– E dai, vieni qui – insistette Giorgio, indicando le sue ginocchia.

– Teso' – disse Dina, cantilenante, scocciata, con l'aria depressa e un pizzico di astio.

– E dai – insistette Giorgio.

Pausa.

– Ce ne vogliamo andare? – disse Giorgio – Ti prego andiamocene... Me ne voglio andare...

Pausa.

– Perché non vai a vedere come sta? – disse Dina – Forse non si sente bene.

– No – disse Giorgio – Non ci vado.

– Ci devo andare io? – disse Dina, con la voce stridula.

– No – disse Giorgio – Meglio che lo aspettiamo.

Giorgio e Dina aspettarono a lungo 103 minuti. In questi minuti si preoccuparono, fecero ipotesi, parlarono del più e del meno e si raccontarono persino le barzellette, ma nessuno dei due ebbe il coraggio di andare a vedere cosa diavolo era successo a Mario.

Al centoquattresimo minuto Mario tornò, completamente pelato.

Giorgio e Dina si guardarono negli occhi.

Lo sguardo di Dina era interrogativo chiedeva a Giorgio cosa dovevano fare, cosa dovevano dire, come dovevano comportarsi. Lo sguardo di Giorgio era spento non sapeva nulla, non voleva nulla, non andava da nessuna parte.

Mario li guardò come se non ricordasse nemmeno chi erano. Poi riconobbe Dina (non Giorgio) e sorrise.

Dina sorrise di rimando. Era un sorriso palesemente forzato Giorgio sperò che Mario non se ne accorgesse.

– Siete ancora qui? – disse Mario, in piedi, appoggiato al muro.

– Ci eravamo preoccupati – disse Giorgio.

Una pausa.

Un'altra pausa, più lunga.

Un silenzio.

– Ma come ti è venuto di passare a trovarmi, tutt'a un tratto? – disse Mario a Giorgio.

– Passavo di qua...

– Per Caiazzo? Nel deserto? – disse Mario – Ti hanno attirato gli avvoltoi che volteggiano?

Dina aggrottò le sopracciglia per significare che non aveva capito cosa stesse dicendo Mario e a cosa si riferisse.

– È una metafora – disse Giorgio a Dina.

Una pausa.

– Te l'ho detto che Dina insegna? – disse Giorgio a Mario – Cioè... sta tentando di diventare insegnante, ma non è detto che ci riesca...

– Ho capito – disse Mario, annuendo.

Mario era ancora in piedi, come se aspettasse qualcosa. Ma cosa?

Giorgio guardò meglio il suo ex partner artistico e si rese conto che non aveva più peli nemmeno sulle ciglia e sulle sopracciglia... Doveva esserseli rasati tutti col rasoio usa e getta per quello era rimasto tanto tempo chiuso nel bagno.

– Dina deve correggere delle versioni... – disse Giorgio – Sta insegnando latino...

Dina lo fulminò con lo sguardo. Al momento era in attesa di una supplenza (che – a rigor di logica – poteva anche arrivare da un momento all'altro) e NON stava insegnando. Era – allo stato attuale delle cose – tecnicamente disoccupata.

– Ok. Ho capito – disse Mario, senza muoversi.

Una pausa.

Giorgio si alzò dallo spicchio di divano che occupava. Dina si alzò dalla sedia, quasi subito dopo.

– Tornate? – disse Mario, ma in un modo talmente freddo che sembrava non gliene importasse nulla.

Dina cercava lo sguardo di Giorgio. Gli occhi di Dina chiedevano –
cos'ha? cosa gli è preso? –

Giorgio e Dina si toccarono e si afferrarono per le braccia, forse per farsi
forza a vicenda.

– Ciao – disse Giorgio.

Una pausa.

– Ciao – disse Mario, senza muoversi, senza nemmeno sbattere le
sopracciglia, senza fare nessun movimento né piccolo né grande né così
così.

Dina cominciò a tirare Giorgio, come una locomotiva che tira i vagoni.

Giorgio non resistette e si lasciò trascinare verso l'uscio.

Erano molto uniti in quel momento. Sembravano davvero una cosa sola.

Dina aprì la porta. Giorgio la seguì. Uscirono all'aperto.

– Ciao, Mario – disse Giorgio, educatamente, prima di chiudersi la porta
alle spalle – Piacere di averti rivisto...

Dina lasciò la mano di Giorgio e prese a correre come un'ossessa giù
per le scale. Giorgio la guardò correre e pensò che bello spettacolo era,
così con tutti i muscoli tesi, così nervosa e così nell'atto di liberarsi da
un'oppressione che le era venuta dentro e dall'angoscia che l'aveva presa
vedendo Mario in quella condizione.

Giorgio se la prese calma e la seguì a distanza, scendendo gradino per
gradino con assoluta calma, tenendosi al corrimano, guardando bene
dove metteva i piedi.

Quando fu giù, all'aperto, vide Dina in fondo alla discesa, verso il centro
di Caiazzo. La vide appena prima che svoltasse l'angolo e sparisse alla
sua vista.

– Dina! – chiamò Giorgio, e la sua voce fece l'eco.

Probabilmente Dina era andata a riprendere la macchina.

Forse si era spaventata quando Mario era tornato senza capelli.

Giorgio la seguì senza affannarsi e senza stancarsi; non aveva la corporatura leggera, e se avesse cominciato a correre per raggiungerla, sarebbe diventato in pochissimi secondi una fontana di sudore.

Scese lungo il viale ripido deserto e calpestò – verso sinistra – il marciapiedi deserto. S'incamminò lentamente verso la piazza deserta del paese...

Prima della piazza, incrociò un negozio di abbigliamento: era aperto, e dentro c'era una signora bruna che scriveva qualcosa su un giornale. Forse faceva le parole crociate.

Camminando ancora si guardava intorno, e vide che anche il bar dal lato opposto della piazza era aperto, e il tabaccaio lì in fondo. E dentro ai negozi c'erano i padroni dei negozi.

Però in mezzo alla strada non c'era nessuno, né una persona né un'auto – anche sporadica – di passaggio.

Dina era appoggiata alla Fiat Punto e prendeva aria a pieni polmoni.

Se c'è un aspetto positivo di Caiazzo, il paese di Mario Lucci, è che l'aria è buona.

Giorgio raggiunse Dina e si appoggio anche lui alla macchina, senza dire una parola... Tentò di prenderle la mano, ma Dina si scansò...

– Stai bene? – le disse Giorgio.

Dina non rispose. Dina se ne stette appoggiata alla macchina a respirare profondamente, molto profondamente, sempre più profondamente.

Giorgio non aveva ancora imparato che quando Dina faceva così, doveva solo lasciarla stare, lasciarla perdere, farla sfogare.

– Te l'avevo detto che era meglio non andarci – disse Giorgio – Ho evitato Mario per tutti questi anni proprio perché era diventato strano, e perché non era più semplice né piacevole avere a che fare con lui...

Dina non parlò. Aveva le braccia conserte, spinte con forza verso il proprio seno. Sembrava volesse lasciare l'orma delle braccia sul proprio corpo e l'orma del proprio corpo sulla macchina.

– Quando facevamo il teatro D.O.G. era simpaticissimo... – continuò Giorgio – In pratica lui era il comico e io la spalla... Era un grande comico...

Una pausa.

– Mi vuoi bene? – disse Giorgio.

Dina si voltò dall'altra parte. Stette vari secondi in quella posizione. Sbadigliò.

Diede un pugno sul tettuccio dell'auto.

Quindi fece dietrofront e, senza dire una parola, si andò a infilare nell'abitacolo dell'automobile e mise in moto.

Giorgio si affrettò a sedere al suo fianco. Tentò di farle una carezza sul viso, ma lei scostò la faccia.

Dina premette sull'acceleratore e si allontanò da Caiazzo come un fulmine di guerra. Scavalcò le colline e si ritrovò a correre attraverso la periferia di Piana di Monteverna e poi davanti al Belvedere di San Leucio.

Al Belvedere di San Leucio incrociarono le prime auto. Più giù, verso corso Giannone a Caserta, videro anche persone per strada.

Lavori socialmente utili

Giorgio guardò l'orologio. Era quasi ora.

Fuori non faceva freddissimo ma, in compenso, pioveva a dirotto.

Andò nel bagno a cospargersi le ascelle di sapone liquido.

Si disfece dei vestiti della giornata. I jeans sporchi e fetidi di sudore nero, le mutande sporche e fetide di sudore nero, la maglia della salute (sporca e fetida di sudore nero), la camicia, la felpa.

Si disfece dei calzini. Puzzavano.

Qualcuno guardava il telegiornale, al piano terra. Qualcuno smanettava il computer, in mansarda. Nessuno gli badava.

Si guardò allo specchio, nudo e flaccido. Cominciò a ballare immaginandosi la musica.

Lesse la frase obbligatoria dal libro qualunque. Scelse un volumetto verdastro.

Quando qualcuno che vi sta servendo vi propone qualcosa storpiandone il nome, avete due alternative o correggerne la pronuncia ordinando correttamente o, per non infierire, adottare il suo stesso errore come nome convenzionale sapendo però di avere sbagliato

Oltre quattro righe andava benissimo. Compose il numero dell'ufficio di collocamento e dettò l'aforisma ad una delle impiegate.

L'impiegata che gli rispose aveva una voce greve, ruvida.

La immaginò alta, magra e *femme fatale*.

– Il suo nome, prego – disse l'impiegata.

– Giorgio Fusco – rispose Giorgio.

– Complimenti – disse l'impiegata – Bel nome. Come mai si chiama Giorgio? –

– I miei volevano che uccidessi i draghi – disse Giorgio – Invece sono piuttosto timido. Possiamo vederci? –

– Giorgio Fusco – disse l'impiegata, professionale – Ah, noto che produce aforismi casuali da libri casuali È il suo primo lavoro. Buon lavoro. –

– Già... –

– A che ora smonta? Alle nove? Io alle dieci! Se viene dopo le nove per farsi pagare, trova me. Poi possiamo andare insieme a bere qualcosa. Va bene? –

A Giorgio parve di avere già conquistato la preda. Sorrise tra sé.

– Va bene. Arrivederci. Come ti chiami? – si ricordò di chiedere prima di riattaccare.

– Glielo dirò quando smonta – rispose l'impiegata.

Dimenticato il telefono, Giorgio prese meticolosamente a rivestirsi. Di fresco. Prima le mutande, poi la maglia della salute, quindi i pantaloni grigi di velluto, la camicia, la giacchetta. Per buoni ultimi, calzini e scarpe.

Si lasciò cadere tra i capelli alcune gocce del profumo femminile di sua sorella. Tornò a guardarsi allo specchio e si piacque.

Scese al piano terra. Intorno alla tavola sbandita, i genitori stanchi e noiosi guardavano il telegiornale. Accanto a suo padre, c'era una rivista di informatica. La aprì a caso. Lesse:

È lo stesso programma a creare i menu di navigazione dei video che vengono salvati nel VideoCd o nel Dvd successivamente sarà, poi, possibile indicare per quali scene creare degli accessi diretti, in modo da consentire la navigazione completa dei filmati.

Fece il numero dell'ufficio. Stavolta gli rispose un uomo. Evitò di immaginarselo si limitò a dettargli la frase e riattaccò molto in fretta. Suo padre era completamente calvo. Aveva avuto l'ordine di radersi i capelli, la settimana precedente. Il messo comunale, a dire il vero, si era fatto vivo anche per sua madre, giovedì, ma non l'aveva trovata in casa. Tutto lasciava presagire che sarebbe tornato. Perciò la signora Feola in Fusco, madre naturale e legittima di Giorgio, era tutto un generatore elettrico di nervosismo.

– Mettiti il giaccone pesante – disse la mamma.

– No – fece Giorgio – Non fa più freddo. È arrivata la bella stagione –

– Tira vento – insistette la signora Bruna Feola in Fusco – Hai messo la maglia di lana? –

– Ciao mamma, ciao papà – disse Giorgio – Io vado –

Si chinò a baciare sua madre.

Guardò suo padre. Si predispose mentalmente ad eseguire l'ordine del messo comunale.

– Non potremmo farne a meno? – disse suo padre.

– Se fosse per me... – disse Giorgio.

– Tanto ci siamo solo noi, in questa stanza. Nessuno di voi due andrà a denunciarmi, se Giorgio non lo fa – disse il padre di Giorgio.

– Però – disse Bruna – potrebbe passare una telecamera fuori dalla finestra, potrebbe guardare dentro e potrebbe portare il filmato al comune –

– Un momento – disse Giorgio, colto da un'idea.

Prese il telefono e fece il numero dell'ufficio. Gli rispose un altro uomo, diverso da quello precedente.

Giorgio non perse tempo in fronzoli e dettò la frase.

Potrebbe passare una telecamera fuori dalla finestra, potrebbe guardare dentro e potrebbe portare il filmato al comune

– Sia lodata l'amministrazione comunale – disse l'impiegato.

– Sempre sia lodata – rispose Giorgio.

Dopo che ebbe riattaccato, suo padre tornò a lamentarsi.

– Non è possibile. È contro natura. Lo sappiamo solo noi. Voi siete i miei due testimoni –

– Te la senti di rischiare? – disse Giorgio.

Osvaldo Fusco s'alzò dalla sedia faticosamente. Svogliatamente. Inclinò il busto il più possibile. Giorgio pensò che non sarebbe mai più riuscito a raddrizzarsi.

– Papà – disse Giorgio – mantieniti bene al tavolo. Mamma, per cortesia... Tienilo fermo, mamma... Ti prego... Non vorrei che si facesse male.

Attese che suo padre trovasse una posizione comoda, quanto più a prova d'urto. Quindi decise che il momento era giunto.

Il piede di Giorgio Fusco colpì con forza al centro del sedere di Osvaldo

Fusco.

Giorgio ansimò, suo padre guaì come un cagnolino scalciato.

Giorgio si voltò senza dire una parola e se ne andò senza guardare.

Cominciò a recitare una filastrocca per non essere costretto a sentire.

Sapeva cosa sarebbe stato detto, dietro di lui. – Sei un figlio snaturato, un individuo senza futuro, uno stronzo di merda, non troverai mai un lavoro serio, e sai perché? Perché non lo cerchi! Nessuno verrà ad offrirtelo fin dentro casa. Ogni viaggio comincia con un uomo sdraiato che si mette seduto.

Appena fuori dalla cooperativa dove abitavano i suoi genitori c'era un telefono pubblico. Giorgio si avvicinò e fece il 7777, numero gratuito per i dipendenti.

Gli rispose un uomo. Dettò la frase.

Ogni viaggio comincia con un uomo sdraiato che si mette seduto

– Bene, signor Fusco – disse l'impiegato – A che punto è? –

– Devo compiere le azioni pratiche – rispose Giorgio.

Giorgio riattaccò. Poi guardò l'orologio e si accorse di essere in anticipo.

Pensò di occupare i secondi che gli mancavano esercitandosi. Si diresse a passo sostenuto verso il condominio di fronte. Il Parco Vinile.

I citofoni del Parco Vinile hanno la mitragliatrice incorporata. Una mitragliatrice molto piccola, non mortale, ma dolorosissima se colpisce in parti morbide e persino pericolosa, in teoria, se i proiettilini finiscono negli occhi o su una vena del collo.

Giorgio premette un pulsante a caso, senza leggere nemmeno il nome del condomino.

– Pronto – rispose, dopo qualche secondo, una vocetta metallica.

Giorgio spernacchiò a volume altissimo. Cominciò a correre ancora prima di terminare la pernacchia. Sentì i proiettilini accarezzargli le orecchie e le tempie, ma ben presto rallentò, ormai lontano, in salvo. Ansimava.

Si ricompose. Pensò a suo fratello. Quello che si sentiva sempre battere sui tasti del computer in mansarda e che non si vedeva mai.

Paolo, il fratello di Giorgio, lavorava con uno zio produttore di sabbia, nel deposito (della sabbia). La contabilizzava, la catalogava secondo codici, la decorava o semplicemente la infilava in pacchi a tenuta stagna (assortiti per taglie) da spedire ai clienti del Nord.

Non era contento, Paolo, del lavoro che faceva. Poiché, per principio, si considerava un individuo lindo, pulito (e la sabbia si infila dappertutto, sporca, dà fastidio). Quando suo zio aveva automatizzato tutto, era stato più che contento. Nel deposito della sabbia lavoravano solo le braccia meccaniche e le aspirapolveri industriali Giorgio si limitava a guardare sul pc quello che accadeva, a contabilizzare, a decorare e spedire la sabbia. Tutto via rete, senza muoversi dalla mansarda. C'è gente che è stata salvata dal telelavoro.

Passò accanto a un altro telefono pubblico. Fece il 7777. Dettò la frase a una voce preregistrata (– Gli operatori sono tutti occupati dettare la frase dopo il BIP –).

C'è gente che è stata salvata dal telelavoro

Giorgio s'incamminò a piedi lungo la strada in discesa, poi girò a destra e imboccò corso Scarpa. Cercò un citofono con case d'abitazione, ma

per i primi tre chilometri non ci fu nulla da fare tutti negozi di calzolai.
Da un lato, la città scendeva a strapiombo nel buio, tra vegetazioni
interrotte, scalinate di cui si scorgeva l'inizio e non la fine, lampioni
spenti, gatti morti. Dall'altro, la lunga fila di scarpai, tutti con insegne
eloquenti. CIABATTINO CIAVATTONE, LA BOUTIQUE DELLA
SCARPA, SCARPALAND, SCARPARELLO, SCARPE CON LE
SCARPE, SCARPE E CARPE (negozio originalissimo di calzature e
articoli per la pesca).

Infine ebbe la sensazione che doveva fermarsi. Era davanti a LA
SCARPA È IMPORTANTE, appena prima della fermata dell'autobus.
L'insegna del negozio era spenta. Ispezionò la serranda abbassata venata
di ruggine verdognola, i circuiti elettrici fluorescenti dell'antifurto.
Forse doveva usare i pugni. Usare i pugni e urlare. Anzi i calci. Sì.
– Aprite!!! – gridò, colpendo la lamiera con le punte delle scarpe –
Aprite! Polizia! Siamo la polizia! Siete circondati!
Silenzio.
Giorgio accostò l'orecchio, stando bene attento a non avvicinare anche
il vestito perché la giacchetta era chiara e la serranda era sporca.
Udì un brusio concitato, ma non riuscì a decifrare neanche una parola.
Al brusìo si sovrappose uno scalpiccìo frenetico di passi leggeri, nonché
un rumore forte di qualcosa di pesante che cadeva.
Scese lungo la strada in leggera discesa. Corse. S'appoggiò, ansante, ad
un cartellone pubblicitario che diceva semplicemente, senza fronzoli
una giornata divertente è una giornata guadagnata.
Riposò per qualche minuto con la mente sgombra, canticchiando tra sé
alcuni martellanti slogan televisivi

L'economia cammina con te
E sai cosa bevi
Pulita fuori, bella dentro

Camminò ancora. Finalmente si trovò davanti ad un condominio con tanti citofoni. *Condominio La Sfinge.*

Per entrare in questo condominio bisognava risolvere alcuni semplici quesiti.

Il primo quesito serviva ad accedere al vano del citofono, ed era piuttosto semplice (quanto fa due più tre).

La risposta esatta permise a Giorgio di salire sulla piattaforma d'ingresso. Subito il videoterminale s'accese con un brusio e comparve un'immagine registrata dell'Amministratore del Condominio.

– Buongiorno – disse l'Amministratore – Questa è una registrazione. Mi chiamo Pietro Di Michele. Abitate qui? Se abitate qui digitate 1, se necessitate di ulteriori informazioni digitate 2, se abitate altrove e venite in visita ad amici e parenti digitate 3, se venite per lavorare digitate 4, se volete introdurvi furtivamente per fini illeciti digitate cancelletto.

Giorgio ridacchiò. Stette svariati secondi a ridacchiare. Pensò quasi di premere cancelletto, ma ebbe paura di gas tossici o animali velenosi. Premette 4.

– Questo è il condominio La Sfinge – disse la voce dell'Amministratore – Si trova in una frazione della città principale. Premere l'iniziale del nome della frazione –

Giorgio non rispose subito. Corso Scarpa è molto lungo. Abbraccia almeno tre frazioni. Non era sicuro in quale delle tre si trovasse La Sfinge perché i confini non sono ben delineati.

Titubando, premette C.

Dal basso, dalla pedana sulla quale aveva poggiato i piedi, partì una fiammata che lo incenerì all'istante. Dopo un attimo andò in fumo tutto il Condominio La Sfinge. Per buon ultimo, Corso Scarpa con tutti i suoi negozi.

Piano piano, nell'arco di poche ore, arrivarono giapponesini bassi e tarchiati e cominciarono a ricostruire.

La preparazione del kebab

1. Entriamo nel vagone diretto ad Ottaviano–Sarno giusto in tempo, mentre le porte si stanno per chiudere e il treno sta per partire. Giacinto incendia una Philip Morris.

Fa caldo. Non abbiamo il biglietto. Giacinto non ha voluto che li facessimo (mi ero offerto di pagare anche per lui, ho cercato di convincerlo, ma è stato lui a convincere me).

Se il controllore ci raggiunge entro Pollena, sono cazzi nostri (è vero), ma che significato ha la vita se le togliamo il rischio? –

Avevo quasi dimenticato la filosofia di Giacinto.

Giacinto è appena tornato da Rotterdam. È stato a Rotterdam per tre mesi. Ha lavorato in un ostello.

– C'era un locale, a Rotterdam, gestito da un arabo, credo, dove facevano il kebab. L'hai mai assaggiato il kebab?

– Il che?

– Una specie di involtino ripieno di spezie. Cose tipo verza, asparagi, rosmarino, salvia, basilico, peperoncino, pepe, sale, salsa agro–dolce... Tutte 'ste cose... Che ne so?

– Un piatto vegetariano, cioè...

– No. Che vegetariano! Dentro l'involtino, in mezzo alle spezie, ci mettono il pollo, oppure l'agnello, o il fegato... Anzi, a Rotterdam ho avuto la possibilità di mangiare... Non ci crederai ma l'ho mangiato... Il Kebab di maiale!!!

(Squilli di trombe e rulli di tamburi)

– Embè?

– Abdùl Fàl, il proprietario del locale, m'ha assicurato che lo faceva solo per me... – Idaliàni simbàdigi! Idaliàni simbàdigi! Lo sai che, se lo acchiappavano, minimo minimo gli strappavano le palle? Gli arabi sono musulmani... Lo sapevi?

– Embè?

– I musulmani non possono mangiare carne di porco. Lo sapevi?

Fuori dal finestrino sfilano campi coltivati, case popolari da substrato urbanistico, stazioni fatiscenti sull'orlo del collasso.

Giacinto ha aspirato fino al filtro il cusariello puzzolente di carta e tabacco. Poggia la testa sul poggiatesta. Chiude gli occhi, come se intendesse dormire.

– Adesso mi chiederai... – fa, invece – Non serve nemmeno che sia io, a dirti cosa devi chiedermi... Chiedimelo, forza, non aver paura...

– Non ti capisco, Giaci'... Che ti devo chiedere?

– Lo sai benissimo... – insiste.

Tiro a indovinare.

– Sei ancora innamorato di Titti? – chiedo, perché lui era stato con Titti sei anni, prima di partire per Rotterdam, e l'aveva abbandonata così, di punto in bianco.

– Ma sei scemo??? Non volevo che mi chiedessi questo! Volevo che mi chiedessi quante ragazze mi sono chiavato in Olanda! –

strepita Giacinto – Quando mai sono stato innamorato di Titti?!?

– Non sei partito perché Titti t'aveva cornificato prima con Peppe Pizzo e poi col fruttivendolo?

Giacinto s'annerisce. I ricci gli si increspano. Le labbra gli si spessiscono.

– Co... Come lo sai? – chiede, con la voce simile ad un buco nel ghiaccio.

– Lo sai come sono fatto, io. Ho indagato.

– Invece dovresti un po' imparare a farti i cazzi tuoi! Sei stato sempre così, hai sempre rotto le palle, ti sei sempre messo in mezzo, hai sempre tenuto la bocca larga!

Taccio. Una fanciulla procace con mollettona gialla nei capelli, seduta alla nostra destra, sta masticando una gomma. Mi sorride, quando la guardo.

– È successo per caso – dico – La mattina che partisti vennero a prendermi Renato e Alfredo...

– Non mi interessa.

– Andammo a casa tua. Tua sorella ci disse che eri partito. Però noi pensammo che ti eri chiuso in camera. Sapendo come sei fatto...

– Non mi interessa.

Nel bel mezzo di questo dialogo edificante tra due amici che non si vedono da tanto e che sono ansiosi di recuperare il tempo perduto, all'altezza di Barra, subito dopo la stazione, il controllore ci artiglia le scapole, di sorpresa.

– Biglietto, prego...

Guardo Giacinto in cerca d'aiuto.

– Ciao! Ciao! – dice Giacinto – Che piacere!

Il controllore guarda Giacinto cercando di riconoscerlo.

– Non ti ricordi? – dice Giacinto con la faccia talmente offesa che devo stare attento a non crederci anch'io.

– Alla cosa, là... A scuola!

– Hai fatto il liceo? – chiede il controllore.

Non se ne rende conto ma ha molti più anni di Giacinto.

– Sì – risponde il mio miglior amico.

– Io l'ho fatto a Napoli. Al Sannazzaro.

– Sì – dice Giacinto – Io in sezione A.

'Nzomma se mettono a parla', saltano fuori poche cose in comune (giusto poche) mentre il treno sferraglia e la fanciulla con la mollettona s'alza in piedi in prossimità di Pollena. Chi lo sa se Giacinto se n'è accorto che la stazione di prima era Cercola e questa è Pollena, invece di stare a chiacchierare e tergiversare.

Il treno si ferma. La ragazza con la mollettona se la prende calma. Giacinto è persino più veloce di me, ad alzarsi e scendere.

Lo rincorro lungo il viale in salita. Ridiamo come pargoli.

Ci fermiamo verso la sommità. La pendenza arrancata ci costringe a tenerci le milze, a comprimerle nel tentativo vano (ahi quanto vano!) di alleviare l'affanno.

– Hai visto? – dice Giacinto – Non abbiamo pagato il biglietto. Non bisogna mai pagare il biglietto. Il personale viaggiante è notoriamente malleabile... Sono stanco... Che siamo venuti a fare? E se incontrassi Titti? Anche Titti, come Daria, ha una seconda casa a Pollena... Mica me ne frega, di incontrare Titti... Però io ho la mia vita e lei la sua... Potrebbe dispiacerle, no?

Non che brilli per invenzioni particolari, la parlantina di Giacinto. Procede, piuttosto, per immagini liriche e pensose. È tarata fino al midollo da un tono decisamente prolisso.

– Compriamo le banane? – propongo, giacché sono l'unico in grado di dire qualcosa che abbia un senso – Credi che sia possibile comprare dal fruttivendolo tutto quello che ci serve per cucinare uno di quei cosi che hai mangiato a Rotterdam?

– Il kebab?

– Più duecento grammi di prosciutto cotto, al limite...

– Prosciutto?

– Kebab di maiale, no?

Giacinto mi guarda. Stranito. Poi comincia a ridere sottilissimo.

Siamo nei pressi della casa di Daria Bucci. Sembra tutto normale. Il cancelletto è semiaperto, le fronde dei salici piangono, ma mica significa qualcosa.

Regna una calma apocalittica, tipo quiete dopo la pioggia aut perdete ogni speranza o voi ch'intrate.

– Andiamo a comprare le banane, dai... – faccio, con una specie di spiegabile groppo in gola – La fruttivendola è amica mia.

– La figlia del fruttivendolo che ha avuto una storia con Titti? Non so se...

C'incamminiamo. La ragazza con la mollettona, intanto, ci ha sorpassati squadrandoci.

Ci cammina davanti.

– È bona – dice Giacinto – Guarda che pacche!

– Ultrasensibili – concordo.

I glutei trascendono il sociale e il culturale. I glutei comportano continuità ma anche contraddizioni. I glutei indirizzano e deviano.

La fanciulla con la mollettona gialla attraversa la lugubre piazza obliqua. S'infila nel negozio del fruttivendolo.

– Incredibile! – gongola Giacintuccio – È entrata proprio dal fruttivendolo. Magari deve comprare le banane. Mo' vado e le offro la banana di carne.

Fatico a tenergli dietro.

– Giacinto! Giaci'!

Quando lo raggiungo all'interno della rivendita lo trovo con la sigaretta accesa, la posa molle da fricchettone, lo sguardo obliquo da ultramiope allergico agli ottici.

Della ragazza con la mollettona non rimane traccia. Però al lavoro in grembiule azzurro–scambiato c'è, come supponevo, Elisa.

Sta fumando anche lei. Il rotolino combustibile gliel'ha offerto Giacinto me ne accorgo da come brucia.

Quando mi vede, si stizzisce e si stupisce. È una mia impressione.

– Ciao, Elisa – dico, con sereno distacco.

– Ciao.

– Hai già conosciuto Giacinto? – chiedo.

– Ti trovo bene – dice Elisa.

Giacinto guarda prima lei e poi me e poi lei e poi me. Giacinto conosce bene la mia spiccata propensione per le tacchine in erba. M'immagino cosa starà succedendo, nella sua testa. Quanti calcoli e pensieri e opere o missioni (per mia colpa, mia colpa, mia grandissima colpa!)

Gli occhi di Elisa si sono spalancati come saracinesche.

– Cioè... – dice – Cioè lui... Giacinto lui sarebbe il Giacinto di... Lui...

– Ci siamo conosciuti perché Elisa è un'amica di Daria.

– Ma se Daria ha almeno quindici anni più di lei! – protesta Giacinto.

– Sono amiche lo stesso... Le loro famiglie si conoscono. La famiglia di Daria ha la casa a Pollena, no? E siccome Elisa è di Pollena, tu capisci...

– Sì. È vero. È così – dice Elisa, sorridendomi.

– E la ragazza con la mollettona? – chiedo, poiché quella è una delle poche cose che mi preme chiedere.

– È andata di sopra. Starà cambiandosi – risponde Elisa – Tornava da Napoli. Però adesso scenderà perché mamma non c'è e lei deve per forza darmi una mano in negozio.

– Non mi dire che è tua sorella! – faccio.

– Non te lo devo dire? – dice Elisa.

– È tua sorella? – dico.

– Non è proprio mia sorella – dice Elisa – È la figlia di una lontana parente di mia mamma, una specie di cugina. Però vive con noi e allora, siccome vive con noi, le voglio bene come se fosse mia sorella... Ha un bel culo, eh?... Ho visto che le camminavate dietro, perciò le avete guardato il culo.

– Noi? – dice Giacinto.

– Sicuramente! – dice Elisa.

Mi lascio prendere dal solito deleterio romanticismo e le assicuro che anche il suo è molto più bello, così liscio e così compassato (nel senso che sembra fatto con il compasso).

Giacinto mi guarda annichilito, impotente. Elisa ringrazia. Giacinto starà pensando che devo essere impazzito ad intrattenere rapporti con le bambine. Non sa che me la sono già trapanata e che non ero il primo.

Compriamo pomodorini di San Marzano, bananone col bollino blu, lattuga, rucola, finocchio, cipolla, aglio, rosmarino, basilico, verza.

– Il kebab è come il sesso – dice Giacinto – Disgusta, però piace.

Compriamo mele, pere, peperoni, peperoncini, origano, limoni (cinque chili solo di limoni), zucche, cavoli, fave, cetrioli, fagiolini, carote.

Alla fine scende, dal piano di sopra, attraverso la rampa di scale che parte dal retro del bugigattolo odoroso nel quale ci troviamo, la figlia della lontana parente di Elisa.

Pare che si chiami Daria. Come Daria.

– La Daria che ha una casa proprio qui a Pollena (ci siamo appena passati). La Daria dalla quale la scorsa notte sono rimasto a dormire. La Daria che ha detto – Torna per l'ora di pranzo! Ti rivoglio a casa mia per l'ora di pranzo!

– Stiamo comprando tutta questa roba perché dobbiamo andare qui da una amica nostra, a pranzo – dice Giacinto – che poi sarebbe Daria Bucci, cioè, indipercui vogliamo provare se ci riesce il kebab, pure se non sappiamo la ricetta ma cucinando così, a orecchio, con un po' di creatività... Cioè... Ci farebbe molto piacere...

– Cosa? – chiede la figlia della lontana parente della madre di Elisa.

– Credo che vi abbia invitate – traduco.

Confronto le due pulzelle. La maggiore è, mi sembra ovvio, molto più formata, più carnosa. Con, in più, il particolare della mollettona (la quale, ai miei occhi, rappresenta pura libido).

Cos'è, or dunque, che mi fa preferire la piccola? Vediamo...

La testa di Elisa è bella come una testa di morto.

Elisa è vajassa e austèra come un personaggio di John Fante (Daria LaMolletta è vajassa ma non è austèra).

Elisa veste semplice.

Elisa ha le tettine a punta. Elisa e Daria vendono le mele.

Elisa parla un buon italiano.

– Però dovete aspettare che chiudiamo il negozio – dice Daria – Tanto mamma non torna fino a stasera.

– Chiaramente dobbiamo aprire di nuovo, oggi pomeriggio – dice Elisa.
Daria Lamolletta non è il mio tipo. Elisa è il mio tipo. La molettona
gialla di Daria è il mio tipo di molettona, ma togli la molettona gialla a
Daria e mettila a Elisa...
(Cazzo! Sarebbe incredibile! Non resisterei!!!)
Daria si sta mangiando Giacinto con gli occhi. Giacinto non risponde
come risponderei io, al posto suo. Giacinto è sempre stato abituato alla
concupiscenza, e perciò se la prende comoda.
Elisa non mi mangia con gli occhi. Ho l'impressione che mi guardi con
un certo qual timore. Se sapessi leggere nel pensiero, leggerei che ha
paura di gelosia, discussioni, domande. Le prendo la mano, per
rassicurarla. Gliela stringo. L'adorabile malandrina arrossisce.
Ci mettiamo d'accordo che le aspettiamo alla chiusura. Le aspettiamo a
casa di Daria Bucci. Lo sanno benissimo, dov'è la (seconda) casa di
Daria Bucci.
All'angolo di viale Regina Elena c'è la salumeria. Compriamo un chilo
di farina di grano saraceno, due salsicce confezionate, sale e pepe nero,
burro.
– Che dovete farci con tutta questa roba? – chiede la salumaia
riferendosi non solo a quello che abbiamo comprato da lei, ma anche
alle buste del fruttivendolo.
– Il kebab – risponde Giacinto.
– Ah... – dice la salumaia.
All'angolo di Viale Regina Elena (l'altro angolo) c'è pure una farmacia
col distributore automatico di preservativi. Giacinto vuole usarlo.
– Che cazzo te ne fai dei preservativi?
– Giorgio, per piacere – dice Giacinto – Non fare il pazzo, ti prego. I

preservativi sono importanti.

– Ma non sappiamo neanche se...

– Smettila, Giorgio. Ti prego, ti ho chiesto di smetterla – dice Giacinto, cantilenante – Perché tu non schianti da un sacco di tempo, credi che nessuno scopi più, al mondo. Invece si chiava, guaglio'. Io chiavo, per lo meno. Perciò smettila. Te l'ho chiesto per favore, eh? Non rompere le palle!

Infila diecimila lire nella fessura e ritira la squallida confezione da sei. Sbuffo.

Fa per avviarsi. Lo fermo con una mano.

– Vorrei entrare – dico – Devo comprare un altro ingrediente per il kebab.

– Preferisco avviarmi – dice Giacinto – Porto le buste in villa e magari comincio a preparare la sfoglia.

– Meglio che mi aspetti. Ti dispiace?

– Allora entro con te...

– Aspettami qui, dai... Mica vuoi entrare con le buste!?!..

Oltrepasso la soglia smerigliata. Mi guardo intorno. Decido per delle caramelle contro l'alitosi.

Esco.

Giacinto ha posato le buste in terra, s'è appoggiato al muro e s'è messo a fumare.

– Non so perché – dice – Ma Napoli mi fa un effetto deprimente. Napoli e tutto il resto e Pollena e i ricordi che comporta...

Trasporto due delle buste. Infilo le caramelle in tasca.

Giacinto si carica meno di me, perché sta fumando.

I fumatori non possono portare pesi, hanno bisogno di temperatura costante, di una buona luce e di una montagna di sigarette al giorno.

Scendiamo il vialetto fino al numero dieci. Il portoncino è semichiuso. Accostato.

– Non capisco – dice Giacinto.

– Era aperto anche prima, quando siamo passati – dico.

– Non ci avevo fatto caso – dice Giacinto.

– Avremmo dovuto comprare l'olio extravergine – dico, per sviare il discorso – E anche i legumi, per il kebab.

– Credi?

– Le lenticchie sminuzzate, un po' bruciacchiate, andrebbero benissimo.

– Ma che puoi saperne tu del kebab? Non l'hai mai mangiato, il kebab.

Entro nel possedimento dei Bucci. Regna un inusitato silenzio. Giacinto non se ne rende conto. Giacinto è una persona intelligente, ma non è mai stato veloce di comprendonio.

Dopo pochi passi, cominciamo a sentire la puzza della putrefazione.

– Lo senti anche tu? – dice Giacinto.

– Cosa?

– L'odore.

– Quale odore?

Non riesco più a condurre per mano gli impulsi nervosi. I muscoli mi si contraggono. Il sangue mi si coagula. Sono confuso.

– Avranno lasciato marcire qualcosa – tento di spiegare – Oppure un topo morto negli interstizi. Oppure qualcuno ha pisciato in giardino e la pipì seccandosi, evaporando...

Giacinto tace. S'avvia lungo i pilastri candidi. Calpesta, senza avvedersene, un dente guasto della signora Elena Sofia Ricci, madre della di lui un tempo innamorata Titti Ricci. Monta sul primo gradino della scalinata di marmo. La scalinata puzza particolarmente.

– Lo senti? – dice Giacinto.

– Cosa?

– Lo devi sentire per forza.

Entriamo nella prima stanza del primo piano. Sulla soglia Giacinto nota un'enorme macchia di sangue. S'è già coagulata ma non del tutto. Giacinto allibisce. Intinge una scarpa nella pozza rossa.

– Che è 'sto schifo?

– Sangue – rispondo.

– Ma no. Dev'essere vernice, tempera, acquarello, acrilico per tessuti.

Mi guarda negli occhi. Indagatore. Forse s'è accorto che sulla macchia è rimasta una mezza impronta della mia scarpa sinistra, leggibilissima.

– Tu sei stato qui, ieri, no? Hai dormito qui? – dice.

Non so cosa rispondere. Però reggo il suo sguardo con coraggio. Non li distolgo, gli occhi.

Giacinto spalanca la porta semiaperta. Entra.

Mannaggia la colonna! Puzza anche dentro!

Perché diavolo puzza anche dentro? Come facciamo, a dar da mangiare alle due ragazze, con tutta questa puzza?

– Viene dal bagno – dice Giacinto.

Cola del sangue dal soffitto. Una goccia si permette di sporcare la punta della scarpa destra di Giacinto. Mi allontano perché sono vestito bene. Cioè la camicia è sporca di sangue, ma la camicia è coperta dalla giacca. E la giacca è pulita.

Seguo Giacinto in bagno. In bagno le tracce non sussistono. L'unica traccia è l'odore.

– Che hai combinato? – dice Giacinto – Da dove viene la puzza?

Dalla vasca. Dalla vasca. Credo.

– Ti ho chiesto da dove – ribadisce Giacinto.

– Cosa vuoi che ne sappia? – rispondo.

– Senti – dice – Non possiamo invitare qui le ragazze con questa puzza.

– Ma l'aria sarà intrisa di spezie, di profumi. La puzza si mischierà all'odore del kebab.

Ciò detto, adocchio due flaconi da due litri di bagnoschiuma. Uno, al pino silvestre, è pienissimo. L'altro, al sandalo e vetiver, è mezzo vuoto. Verso l'intero bottiglione pieno nello scarico della vasca. Dopodiché, infilo il tappo, apro l'acqua e svuoto nell'acqua il flacone al sandalo e vetiver.

Giacinto è rimasto in silenzio a guardarmi. Non mi chiede nemmeno se devo fare il bagno. Dubito che abbia già capito ma sono certo che sta per capire.

– Senti... – dice Giacinto

– Devo andare in bagno...

– Il bagno è...

– Lo so dov'è il bagno...

Sparisce dietro porte e corridoi, tenendosi la bocca e camminando un po' curvo.

Apro il forno. Tiro fuori il regalo di bentornato per Giacinto (il forno della casa di Pollena della famiglia Bucci è molto grande).

Tento di farla restare in piedi, appoggiata al muro. Scivola dolcemente a terra e si ferma in una posizione contorta, innaturale.

Così non va bene.

Tento di metterla seduta, almeno. Ci riesco, anche se l'equilibrio rimane (bisogna dirlo) instabile.

Non era il mio tipo di donna, la sorpresa per Giacinto.

Certo che così, tutta nuda, ha il fisico asciutto, il seno sodo.

Niente male.

Mi vengono in mente strane idee, ma mi trattengo.

È la sorpresa per Giacinto. Giacinto deve trovarla nelle condizioni migliori.

Ha ancora un buon profumo. È intatta.

Le ho fatto bere un liquore con ghiaccio.

Il ghiaccio era vetro.

Ha vomitato molto sangue.

L'ho pulita. L'ho lavata. Le ho ficcato nella bocca mezzo flacone di bagnoschiuma. Ho fatto in modo che scendesse giù gorgogliando.

Ha il buco del culo profumato di sandalo e vetiver.

2. M'insapono i piedi. Adoro stare a mollo nell'acqua bollente.

Sto facendo il bagno sopra Daria Bucci, adesso. È stato difficile, ma l'ho fatta passare (sminuzzata, resa quasi liquida da acidi,

varecchine, detersivi, trapani, petardi, martelli) attraverso lo scarico.

Solo che deve aver incrostato i tubi. S'è messa a puzzare, la troia.

Un urlo. Giacinto ha trovato la sorpresa.

Ma io provo qualcosa, davvero, per Elisa? Io che ho sviluppato, negli ultimi tempi, una sorta di repulsione per il sesso volgarmente detto, sono ancora in grado di, ecco, diciamolo, innamorarmi?

Stappo la vasca. Non appena l'ho stappata, è come se tornasse la puzza.

Ma non può essere la vasca è ancora piena d'acqua.

Resto a mollo finché comincio a sentire freddo. Allora mi alzo.

Quando mi alzo, il resto dell'acqua, quella che era trattenuta dai miei fianchi lardosi, s'avvia rapida verso il buco.

Mi trascino nudo fino al lavandino. Prendo il sapone liquido. Svito la valvola dell'erogazione e verso il contenuto del contenitore nello scarico della vasca, fino all'ultima goccia.

Afferro un asciugamano giallo–ocra. L'indosso a mo' di gonnellino.

Esco dal bagno. Un odore di cibo sta invadendo la casa. Giacinto che cucina.

– Senti – dico – E la sorpresa...?

– Per piacere – m'interrompe Giacinto – Non parliamo di sorprese.

Sta friggendo una specie di omelette. La farina deve averla scovata in casa perché, se non erro, ci era passato dalla testa di comprarla.

Non riesco a capire che fine abbia fatto il cadavere tanto ben conservato di Titti (tralasciando alcune tralasciabili macchie di fuliggine e incrostazioni da forno).

– Questa è la copertura – dice Giacinto.

– La copertura?

– L'involucro.

Me ne sto a braccia conserte. Lo guardo lavorare.

– Vuoi startene là senza combinare un cazzo? – dice Giacinto – Prendi un recipiente in uno degli sportelli e mischia un po' di roba...

– Di che?

– Che cazzo ne so? Fa' a occhio... A gusto tuo...

– Ma io non l'ho mai mangiato, il kebab. Non so da dove cominciare.

Giacinto non risponde. Piange.

Piange? Ha messo la cipolla nel... coso, là... nell'intonaco?

Il kebab è disgustoso, ha detto.

Mi pare.

Non trovo normali recipienti, ma una pentola molto fonda. Doso un bicchiere di latte e un bicchiere d'acqua. Verso i bicchieri nella pentola. Metto la pentola sul fuoco. Prendo un po' della farina avanzata a Giacinto e la verso a pioggia. Rimescolo per evitare che si formino i grumi.

Io e Giacinto cuciniamo vicini. Giacinto sputa una densa rasca verdognola nel mio pentolone. Ridiamo come scemi.

Prendo una mela e la sminuzzo tra i denti. La rendo solo polpa e la sputo nella pentola.

Giacinto mi indica una bottiglia di ketchup mezza vuota. La svuoto nel calderone e alimento il composto.

Aggiungo fagioli, sale, riso (la mamma di Daria, ieri, aveva cucinato il riso, ma nessuno ha potuto mangiarlo), pepe nero, spinaci, burro.

– In realtà dovremmo usare spezie arabe – dice Giacinto.

– Che intendi per spezie arabe?

– Non lo so. Cose tipo hashish e marjuana...

– Oppure il cactus, magari.

– Cactus?????? – dice Giacinto.

Aggiungo lardo puro, una cipolla a tocchettini, parmigiano grattuggiato.

– Prova ad amalgamare il composto col frullino per la panna – suggerisce Giacinto.

– E dove lo vado a pescare, il frullino?

Me lo indica sul tavolo. È un frullino a manovella. Placcato bianco.

– Aggiungi un paio d'uova – suggerisce.

– Ma non deve bollire?

– Certo che deve bollire!

– Il frullino devo usarlo mentre la pentola è sul fuoco?

Chi lo sa quale fine può aver fatto la non troppo splendida creatura discendente (degna) della stirpe dei Ricci (oh chissà. Oh chissà che fine. Fin. End. Chi sa che fine ha fatto la non troppo soave purchiacca. Acca. Chi sa che fine ha fatto l'ex di Giacinto. Chissà. A).

Come avrà reagito, Giacinto, alla sorpresa?

Perché ostenta codesta indifferenza snervante?

Abbandono per un istante il composto caldo e melmoso. Bisognerà frugare (per alimentarlo) nei cassetti, negli sportelli, dietro le porte a vetri. O no?

Chiedo a Giacinto se ci ha già pensato lui. Risponde che ci ha già pensato.

– Ma proprio con solerzia? – chiedo – Con pignoleria e metodicità?

– No – risponde Giacinto – Senza metodo.

Trovo, ordunque, scatole di tonno e barattoli di Nutella. Buste di preparati per purè (con fecola di patate), formaggio pecorino (sardo?), carciofi già lessati in una casseruola sotto il forno, margherite secche in un vaso senz'acqua...

– Ce le metto le margherite?

– Metticele – dice Giacinto – Mettici anche la busta per il purè. E anche un paio di scatole di tonno.

In un'altra pentola abbandonata, trovo pezzi di carne coperti di salsa.

– Cosa credi che fossero? – dico, mostrandoli a Giacinto.

– Boh – dice Giacinto – Agnello, forse... Metticelo, un pezzetto, però prima lava via la salsa... Dall'odore direi che sta diventando acida.

Infilo nel pentolone il frullino per la panna. Giro la manovella e monto il composto a neve.

– Il pezzo di carne è troppo duro – dico – Non si amalgama.

– Non ce lo dovevi mettere tutto intero – dice Giacinto.

– E adesso come faccio?

Giacinto mi guarda. Sbuffa. Si preme le mani sui fianchi.

I suoi involtini all'uovo stanno venendo benissimo.

– E va bene – dice – Ci penso io…

– Grazie.

– Fammi un favore, tu. Scendi a comprare il vino.

Chiaro che mi rivesto, prima di uscire. Cioè reindosso l'abito classico del padre di Daria Bucci.

Ben contento di allontanarmi da quella casa puzzona, affronto le scale a mucchietti. Vado a dare un'occhiata al giardino dietro la villa dove, durante la notte, ho seppellito alcuni corpi. Tutto regolare. La terra è compatta e glabra. Si capisce che qualcuno ha scavato di recente, ma chi credete che si prenda la briga di andare a controllare?

Man mano che mi avvicino al sottoscala, il tanfo è sempre più insopportabile. E poi le mosche.

Apro la fontanella bassa da irrigazione. Dirigo il getto verso i corpi.

La signora Bucci e la signora Ricci permangono nell'artistica composizione in cui me le ricordavo, con le bocche incollate (ho usato il Vinavil). Tra le cosce della signora Bucci penzola l'esile cazzo morto del padre di Daria Bucci. La signora Ricci, nel contempo, è inchiodata al basso soffitto obliquo. In croce.

Bisognerà murare, credo.

Esco in strada. Torno alla salumeria.

Componesi, il suddetto paesino nomato Pollena Trocchia, di campagna e campagna e campagna. Un concessionario di automobili (soprattutto usate). Due o tre bar, due salumerie, un fruttivendolo. Una stazione della Circumvesuviana molto ma proprio molto *old-style*. Un municipio molto ma non proprio molto ancien-regime.

– Buongiorno, signora.

– Buongiorno – risponde la salumaia.

– Vorrei comprare sette o otto bottiglie di vino.

– Bianco o rosso?

– Assortite.

Quanti siamo? Solo in quattro, no? Io, Giacinto, Elisa e la fanciulla con la mollettona.

– Vuoi il vino locale? – dice la salumaia.

– In che senso?

– Il vino nostro. Lo prendiamo da un contadino che ha i vigneti.

– Mah – faccio – Se è buono...

Mi porge quattro bianchi in bottiglie con l'etichetta della Ferrarelle.

Tira fuori un'altra bottiglia. Mezza vuota. Di rosso.

Me ne versa sei dita (in un bicchiere di plastica leggera).

– Molto secco – commento.

– Buono, no? – dice la salumaia.

Veramente io preferirei qualcosa di più dolce. Però mi complimento.

Sostengo che il vino pollenese è il vero nettare degli dei.

La signora va nel retro a prendere quattro bottiglie di rosso etichettate Sangemini.

Poi mi fa assaggiare il bianco. Il bianco è molto più gustoso del rosso.

Sono grato alla salumaia, veramente grato (oh, quanto grato!).

Esco dalla salumeria con le otto bottiglie di vino in due buste biodegradabili. Invece di scendere verso la casa di Daria Bucci, salgo verso la piazzetta. Con le buste. Con le bottiglie di vino (nelle buste).

Siedo sulla panchina.

Mi siedo e stappo una bottiglia griffata Ferrarelle.

Poi un'altra.

Poi un'altra griffata Sangemini.

Un'altra.

Ferrarelle.

Sangemini.

Idem.

Idem.

Cit.

Prima di rincasare passo per la salumeria. Compro altre otto bottiglie.

Mi ci vorrebbe (penso) un bel caffè. Così riuscirei a camminare diritto e, magari, ad articolare bene le frasi quando parlo.

Ecco la casa dei Bucci lorda di sangue. L'unico morto visibile è il nonno di Daria, con il parafulmine ficcato sù per il buco del culo. Ma bisogna alzare gli occhi e aguzzare lo sguardo.

Anche quando lo hai visto, alla fine (anzi), hai sempre l'impressione che si tratti di una statua o di uno di quegli aggeggi che servono a determinare la direzione del vento.

Entro attraverso il cancello socchiuso.

Non capisco. Ho la mente obnubilata.

Odore disgustoso di kebab e non l'inevitabile puzzo di morte.

È questo, dunque, l'odore del kebab?

D'altra parte urge una riflessione.

La riflessione è la seguente essendo il kebab un piatto arabo ed essendo vietato, agli arabi, bere vino (o no?), può ritenersi la grandiosa *cena trimalchionis* che andiamo a fare filologicamente corretta?

Un momento.

Calma.

Ragioniamo.

Sono ubriaco. Arduo pensare. Arduo camminare.

Arduo entrare nel sottoscala e non trovarci più i cadaveri. Che fine hanno fatto i cadaveri?

Ti viene paura, quando sai che in un dato posto ci sono due cadaveri e, tutt'a un tratto, non ce li trovi più.

Puoi anche pensare che se ne siano andati da soli, con i loro piedi.

Puoi pensarlo, se hai bevuto.

Salgo la scalinata, barcollando. Aiuto aiuto venitemi ad aiutare a portar sopra le buste con le bottiglie di vino! Non ce la faccio!

Oddio! Adesso mi cadono!

Non mi sono cadute.

– Giorgio! – dice Giacinto – Finalmente! Hai portato il vino?

– Scì.

– Giorgio, che hai? Sei ubriaco?

Scuoto la mano destra. Come a dire. Cioè.

– Assaggia un Kebab – dice Giacinto – Uno di quelli sulla destra... Sono buonissimi... Non ci crederai Giorgio... Mi sono venuti buoni!

Oh Giacintino, come sono contento che sei tornato da Rotterdam! Oy amigo de mi vida... Ahi ahi ahi ahi (que dolor! que dolor!)...

– Che succede, Giorgio? Ti senti poco bene?

Mi gira tutto intorno. Mi viene da vomitare. Come se avessi mangiato troppi cioccolatini.

– Giorgio... Giorgio...

Sto per crikkare, spatarfiare, poredswewwsq,,,

Ngiarma festa testa tosta posta costa...

Plilililiòn... Sghrdmbnewhds;–

...

KKIIO...

RONF...

3. Nel lettone della mamma di Daria, sono nel lettone della mamma di Daria. Me fa male 'a capa.

M'alzo. Corro al bathroom. Apro il rubinetto. Tuffo la testa nel lavandino.

La prima cosa che percepisco, ad ondate, è la puzza del kebab. Dei kebab.

Niente più essenza di Daria Bucci dalla vasca.

È un fatto positivo. Vuol dire che, quando ci ho buttato il bagnoschiuma e poi l'acqua schiumosa sporca e poi il sapone liquido, le incrostazioni biologiche sono andate via.

Ho i vestiti che puzzano di vino. Dovrò cambiarli. Mi fa anche piacere, per un verso, perché in giacca e camicia classica non mi ci vedo. E poi ho la camicia sporca.

È l'unica camicia in tutta la casa, senz'ombra di dubbio (ieri ho cercato in tutti i cassetti). Però posso trovare un maglione. Un maglione femminile, se del caso. Una gonna, un tailleur.

Devo calmarmi. Devo calmarmi. Me fa male 'a capa.

Certo che la camicia era davvero sporca. Lungo la schiena.

La giacca puzzava di vino.

Entro in camera di Daria. La camera di Daria è piena di poster.

Immagini di culto. Facce ipervitaminiche. Slavine di melassa commerciale.

Apro i cassetti. Sbuffo. Facciamola corta. Trovo un maglione bianco anonimo, né maschile né femminile.

Per quanto riguarda i pantaloni, l'austero signor Bucci è l'unico che porti la mia taglia. Cioè. All'incirca.

Che ora è? L'ora ca m'accatto l'orologgio!

Me fa male 'a capa.

Seguo l'odore di kebab. Mi ritrovo nella cucina apparecchiata.

Il lavandino è intasato di piatti sporchi. La tavola è artisticamente punteggiata di mollichine di pane.

Hanno già mangiato.

Hanno mangiato. Hanno bevuto. Si sono divertiti e poi se ne sono andati.

E se io non c'ero. Se io (ripeto), ubriaco di vino secco di paese, me la dormivo della grossa e me la sognavo dell'arcigrossissima, il caro amico Giacinto ha lavorato per tutti e due.

Cosa ho sognato? Mica me lo ricordo!?!

Ho sognato, credo.

Mi trovo, or dunque (al diavolo la coerenza!), nel ridente borgo di Pollena Trocchia, culla di un'agropastorizia condotta con sistemi avanzatissimi. Il danno peggiore è la femminilità delle capre, le quali eccitano i contadini, si contorcono e spasimano per i contadini, si accoppiano con i contadini.

Le capre.

Sento voci di capre. Perciò m'è venuto da pensare alle capre.

Oppure voci umane che belano.

Le onde foniche passano attraverso gli scuri chiusi della finestra aperta.

La finestra ha un balconcino. Il balconcino è verde.

Non so se mi spiego uno di quei balconcini di paese pieni di foglie, di rampicanti, di piantine nei vasetti.

M'affaccio.

M'affaccio e li vedo. Tutti e tre.

Giacinto, Daria LaMolletta e una giovane donna decapitata.

Giacinto e Daria LaMolletta la stanno calando nella fossa.

La particolarità della donna decapitata è che al corpo (udite udite!) manca la testa.

Certo non me lo ricorderei. No che non me lo ricorderei. Non me lo ricorderei. Se.

Non è che riesca a distinguere la faccia, gli occhietti malandrini, il mento aggraziato e volitivo. No. Me ne vado per un'idea.

La testa è quella, con i capelli arruffati, gli occhi chiari aperti.

Il naso manca. Dunque risulta sferica. La testa.

Ma non ho la vista molto buona. Lo sanno tutti che non ci vedo bene.

La testa di Elisa è piccola e i miei amici sono lontani.

È piantata nel terreno. Sembra che esca dal fango e che sotto debba esserci il resto. Giacinto e Daria corrono intorno.

S'inseguono come innamorati.

Daria bela.

Si capisce che lei si lascerà prendere da Giacinto. E poi si lascerà scopare da Giacinto. Anzi prima la bacerà, lui.

Corrono intorno alla testa. Daria è nuda. I capezzoli bucano il vento.

Intorno alla testa di Elisa è tutto pieno di aria forata.

A un certo punto si fermano, tutti e due.

Daria s'avvicina alla testa. L'aggiusta con le mani. Prende la rincorsa.

Giacinto si molleggia sulle gambe.

Gli occhi verdi di Elisa mi guardano.

Daria parte. Tira.

Il piede sfonda il cranio. La testa di Elisa rimane per alcuni secondi incollata alla scarpa. Daria scuote la scarpa.

La testa si stacca dal piede, carica di effetto. Si dirige proprio verso Giacinto, che salta e impatta con la fronte.

Daria, pronta di riflessi, ci arriva ma non blocca.

Goooooool!!!!!!!!!!!!

Elisa morta e decapitata, Giacinto ricciuto, Daria mollettata.

– Goool! Goool! – gridano.

Corrono. S'abbracciano. Si baciano. Giacinto palpa i glutei di Daria.

Giacinto succhia i capezzolotti di Daria.

Potrei buttarmi dalla finestra. Potrei.

Potrei smettere di guardare. Potrei.

Potrei rientrare nella villa. Serrare la serranda.

Rimasto al buio, accendere la luce elettrica.

Sulla tavola rimangono alcuni kebab avanzati. Hanno un bell'aspetto.

Sono ancora tiepidi, al tatto.

Un morso.

Tengo il pezzo di kebab in bocca. Senza masticare.

È disgustoso. Mi sale il vomito.

Tengo il pezzo di kebab in bocca. Senza masticare, ancora.

Aspetto che le papille gustative si aprano.

Penso a Daria Bucci e a Titti, alla madre di Daria Bucci e alla madre di Titti. E al nonno di Daria Bucci.

Povero nonno. Morto senza mai assaggiare il kebab. Lui non sapeva neanche che fosse, il kebab.

Mangiava le patate, lui. Le patate erano un cibo economico.

Tengo il kebab in bocca. Senza masticare.

Azzardo un morso.

L'imperatore non sta bene

Dev'essere prestissimo.

Vorrei dormire altre due ore, perché così, con due ore in più di sonno sarei più arzillo.

Invece ecco che squilla il telefono. E squilla per ben 45 volte.

Prima non lo sento, perché sto dormendo profondamente, senza concessioni ad altro. Ma poi quello continua a suonare e allora devo per forza svegliarmi.

Per andare a rispondere devo passare sopra l'imperatore. L'imperatore se ne sta di spalle, molto poetico e ordinato.

– Pronto! –

– Pronto, sono Ilaria, sai... L'imperatore è da te? –

Sono ancora mezzo intontito e non capisco. L'imperatore?

Ah, questo coso alto?

– Volevo sapere se c'è, sai.

– No – rispondo – Se n'è andato via ieri sera.

La voce di Ilaria sembra delusa.

– No, perché io volevo sapere se gli va che io legga delle sue poesie sabato a Cremona, sai.

Forse capisco... Faccio uno sforzo per mettere in funzione il cervello.

– Ah, ma oggi è martedì? Se è martedì è andato a incontrarsi con il gruppo dei Sannixisti... Sì, io so che va tutti i martedì.

– Ma ora è troppo presto, sai – protesta Ilaria – Il gruppo dei Sannixisti è alle nove e tredici.

– Non sono ancora le nove e tredici? – dico.

– Sono le otto, sai.

– Vabbè... – faccio – Comunque oggi l'imperatore va al gruppo... E comunque non lo vedo da ieri sera... Era venuto qui proprio per conoscere le mie impressioni e prendere nota delle mie decisioni, dato che è impossibile, per me, venire al gruppo di mattina in provincia di Mantova...

– E internet?

Sudo.

– Non mi va internet.

– Lui mi ha detto che sarebbe rimasto da te e che vi sareste visti da te, per il gruppo.

– Forza con la colazione, Ilaria! Ci sentiamo la prossima volta!

Ho riattaccato perché non ce la facevo più. Dovevo uscire da quella stanza, con tutto quel fetore d'impero... Vado in bagno per trovare detersivi e profumi. Non c'è quasi più nulla. Solo la spuma da barba... Forse posso arrangiare con la spuma da barba.

Prendo la spuma da barba e torno in camera da letto. Mi verso la spuma sulle mani e la spalmo addosso all'imperatore. Lo faccio diventare tutto bianco, come un albino.

Gliela metto anche nei capelli. La caratteristica dell'imperatore è stata sempre quella di avere i capelli che puzzano.

Dopo averlo imbiancato, mi vesto con una tuta (mi piace sembrare uno sportivo, e soprattutto mi piace stare comodo) ed esco.

Uscendo vedo dei bambini che piangono. Domando

– perché piangete?

Non mi rispondono se ne stanno tutti lì sul pianerottolo della casa di Giacomo Caielli e piangono e piangono e piangono...

– perché piangete?

E non rispondono!!! E vedi se rispondono!!! E non se lo sognano proprio di rispondere!!! Ma chi diavolo le ha educate le nuove generazioni?

Esco dal cancelletto e m'avvio lungo via Nazario Sauro, diretto al Tigros.

Uelà, don Primo.

– Ciao, Giorgio.

– Ciao, Don Primo.

– Dove stai andando?

– Andavo al discount per fare la spesa.

– Ah, bene. Mi fa piacere. Ho saputo che oggi hai una riunione con degli amici, a casa tua.

M'irrigidisco.

– Amici? No, i miei amici si vedono a Castiglione delle Stiviere. Mantova.

Fa segno di no con la testa.

– Ho saputo che l'imperatore dei Sannixisti ha preso dei giorni di riposo dal lavoro perché doveva venire a fare un raduno in provincia di Varese. Pare proprio qui a Varano Borghi – dice don Primo.

– Forse era un'idea iniziale. Ma l'imperatore non sta bene e non si è potuto muovere. Ora la saluto devo fare la spesa.

– Che bravo ragazzo – dice don Primo, e toglie il disturbo, continuando a dire – Bravo bravo –

Così sono libero di continuare la mia strada, di andare al Tigros e comprare le merendine zuccherate alla crema pasticcera (per me, non per l'Imperatore), il Lim Clorex per i piatti, la cioccolata in barattolo Lella Cream, una videocassetta Magnex per registrare l'intervista a Leonardo Tonini in televisione.

Torno a casa e fuori al cancello c'è la polizia. Mi preoccupo.

C'è un poliziotto con i baffi spettinati che aspetta al volante. Lo saluto.

– Buongiorno, signor poliziotto. Forse è successo qualcosa?

Il poliziotto mi risponde con una domanda.

– Lei abita qui?

Odio quando faccio una domanda e mi rispondono con un'altra domanda.

– Le ho chiesto che è successo – insisto.

– C'è stato un delitto. Non lo sa? – dice il poliziotto.

Tira fuori un taccuino e viene fuori dalla macchina.

– Abita qui o no?

– Sì. Abito via Sauro – rispondo – Chi hanno ucciso?

– Ho bisogno delle sue generalità e di un suo recapito telefonico.

Odio quando mi interrogano.

– Prego, signor poliziotto – dico, sorridendo – Sono Giorgio Sciatto e sono nato qui a Caserta il 29 settembre 1969. Abito in via Sauro 9 a Varano Borghi. Se volete parlarmi, venite a bussare a casa.

Il poliziotto capisce che è stato troppo invadente. Modera i termini.

– Ok. Ho bisogno per lo meno del suo numero di cellulare.

Glielo do.

– D'accordo – dice il poliziotto – Può andare –

Lo ringrazio vivamente e passo davanti casa di Giacomo Caielli. Si sentono ancora i bambini che piangono. Ai bambini che piangevano, se ne sono aggiunti degli altri. Tutti i bambini piangono.

E poi sento degli adulti che gridano. Molte voci che si combattono e si sovrastano.

Riesco a capire solo una frase concitata e sparata

– Sono stati gli Sannixisti!

Entro in casa e mi chiudo la porta alle spalle. Appena entrato chiamo l'imperatore

– Cri! Sono tornatoooo!!!

L'imperatore si chiama Cristoforo. Non è un vero imperatore è un ragazzone molisano e il suo impero è un gioco letterario.

Cristoforo non risponde. Vado in cucina e metto sul tavolo (tanto chi mi verrà a richiamare per il disordine?) le merendine, le briosce e le bombe alla crema.

Metto nel frigo la Lella Cream la cioccolata mi piace fredda.

Porto con me al piano di sopra il Lim Clorex. Il Lim è una polvere che viene fuori da un tubo con i buchi. È un detersivo di quelli molto forti, con un profumo molto forte.

Se spalmo la polvere sulla spuma da barba, formerà una sola patina e insomma resterà attaccata al corpo, emanando sempre quel bell'odore di detersivo.

Poi magari posso portare l'imperatore nella vasca da bagno, dopo che è diventata bella profumata, e levarle dal corpo le incrostazioni.

Il fatto è che – purtroppo – non appena mi siedo accanto a lui e comincio a spalmargli addosso la polvere (una parte cade sul lenzuolo, ma il resto gli resta incollato e invischiato sul corpo) – suona il maledetto telefono.

Rispondo dopo sei squilli.

– Pronto.

– Pronto, sono di nuovo Ilaria, sai... Cristoforo c'è?

Respiro profondamente.

– No – rispondo – L'imperatore è uscito ieri sera tardi... Te l'ho già detto...

– Sono con Leonardo, Aldo e Janos. Hanno ricevuto una telefonata ieri sera da Cristoforo, effettivamente. Diceva che il raduno si sarebbe fatto a Castiglione, sai.

– Vedi, dunque...

– Non si è presentato, non risponde al telefono e non è a casa sua, sai.

Respiro profondamente.

– Non lo so. Forse è andato da sua sorella... Forse sua sorella lavorava, stamattina, e lui è andato da sua sorella per guardarle la bambina.

– Mi puoi dare il numero di cellulare? Forza!

– Dell'imperatore?

Sorrido.

– Si vede proprio che non lo conosci, Ilaria. L'imperatore ha l'idiosincrasia del cellulare. Usa solo il computer.

– Mi puoi dare il numero? Forza col numero!

Mi spiego meglio

– Idiosincrasia vuol dire che... Insomma, l'imperatore è imperatore perché non ha mai avuto un cellulare... Ma non te l'ha detto Leonardo?

– E come faccio a rintracciarlo? Forza!

– Ila – ho tagliato corto – Vuoi l'account Facebook di sua sorella?

Quello ce l'ho. Sono andato a vedere se era bona.

– Ah sì... Finalmente ci capiamo, sai – ha detto Ilaria con la voce che le sorrideva.

Le ho dato l'url di Facebook e ho riattaccato. Ho spalmato il Lim Clorex del discount su tutto il corpo di Cristoforo. Prima davanti, poi dietro. Dietro non gli avevo neanche messo la spuma da barba e puzzava come un cane morto.

Questo è, dunque, il vero odore dei poeti?

Sono andato in bagno e ho preso la spuma da barba, gli ho spalmato la spuma da barba su tutta la nuca, la schiena, il culone pieno di righe e di arrossamenti. Gli ho spalmato la spuma da barba sulle cosce e sulle gambe, e sotto i piedi fino ai talloni.

Poi sulla spuma ho spalmato il Lim in polvere.

Nel momento in cui l'ho girato (che schifo!), tutta la spuma ha sporcato il lenzuolo. Ho deciso di non muoverlo finché non si fosse asciugato tutto. Finché la spuma non fosse diventata solida e insomma finché tutto quel viscidume e lordume che detesto non fosse andato via.

Sono andato al pc. Ho guardato per un po' video sui gatti. Io detesto i gatti.

Così sono uscito in strada per curiosare. Per vedere cosa stava succedendo.

C'erano sempre bambini che piangevano. Poi c'era Monteforte, quello che insegna informatica al serale e va sempre in palestra, che raccontava una barzelletta ai bambini... Una barzelletta su Arafat e Bush e i fusi orari... Non sono certo di averla capita. Chi cazzo sono Arafat e Bush?

Sono andato verso casa di Giacomo Caielli. C'erano i figli Dafne e Giusi che raccontavano ai poliziotti cosa era successo. Faccio un breve resoconto di quello che mi ricordo.

Per farla breve, Dafne e Giusi, le due donne che vivono da sole nella prima villetta, erano andate a trovare il coinquilino di Giacomo, un calabrese che va sempre in bici e che si chiama Antonio. A un certo punto (così hanno raccontato le ragazze) è arrivato Giacomo con due uomini. Ha detto

– Ragazzi, questi sono Sannixisti e sono il rinnovamento della letteratura italiana. Vengono dall'est della Lombardia e sono a Varano per un raduno…

Insomma, si sono messi a cena tutti e sei i Sannixisti, Giacomo Caielli, Antonio il coinquilino calabrese, Dafne e Giusi. E a un certo punto uno dei Sannixisti ha gridato – Viva il sannixismo! – ed è esploso, perché aveva dell'esplosivo in tasca.

Il poliziotto chiedeva – Perché non vi siete fatte nulla, voi? Dove eravate quando s'è verificata l'esplosione? –

Io non ho sentito nessuna esplosione. Non è possibile. Quando ci sarebbe stata, questa esplosione? Mentre dormivo? Io non ho il sonno così pesante l'avrei sentita. Un poliziotto anzianotto (mi sa che sta per andare in pensione) mi ferma e mi chiede chi sono.

– Ho già dato le mie generalità al suo collega con i baffi spettinati – dico.

– Spettinati?

– Sì. Quello che aspetta fuori in macchina.

– Ah, sì… Peppe – ha detto il poliziotto.

– Peppe – ho detto, sorridendo per un nome così buffo.

– Sospetto che abbia già dato le generalità a Peppe, ma la prassi vuole che le dia anche a me. Le dispiace?

Ho tirato un respiro profondissimo.

– Giorgio Sciatto, nato a Caserta il ventinove settembre millenovecentosessantanove. Risiedo qui a Varano, in questa villetta.

– Solo?

– I miei parenti sono al sud. Ho dei bambini, ma sono divorziato.

Il poliziotto ha tagliato corto.

– Ok – ha detto – La troviamo a casa tra un paio d'ore?

Ho tirato un respiro viscerale, molto molto profondo.

– Devo essere a casa tra un paio d'ore? – ho chiesto.

Il poliziotto ha annuito

– Ecco, sì. Sarebbe meglio.

– Va bene – ho detto. Volevo stringergli la mano, ma lui non me l'ha data e ha messo due dita vicino al cappello. Forse dalle parti sue la gente si saluta con due dita vicino al cappello.

Ciao Poliziotto, in fondo sei simpatico... Spero che i tuoi colleghi non mi fermino... Voglio parlare con le ragazze e vedere che dicono...

– Fermo, dove va?

Sorrido.

– Vorrei invitare Dafne e Giusi a pranzo... Una specie di raduno sannixista. Conosce il sannixismo?

Il poliziotto ricambia il sorriso.

– Dobbiamo interrogarle – risponde – Non può invitarle.

– Non potete venire tutti da me? – chiedo – Mi fa piacere se mangiamo tutti insieme... Oh, una cosa alla buona... Io sono maschio. Ma sono anche consigliere comunale di Varano, come lo era Caielli, e sono una persona affidabile.

Il poliziotto tace. Ci pensa.

– Stesso partito?

Scuoto la testa.

– Lui era del PD. Io sono di sinistra.

– Beh – fa il poliziotto – Dal momento che lei è una persona affidabile, ed è stato anche sindaco...

– Non sono stato sindaco. Non sarei più di sinistra.

– Comunque... Non sarebbe una cattiva idea... Così le interroghiamo mentre mangiamo... Viene anche meglio.

Sorrido.

– E no – continua il poliziotto – Non è malvagia l'idea. Però deve chiedere al commissario. Prego, vada dentro. È un tipo carismatico. Lo riconosce subito perché è magrissimo. Un chiodo. Si chiama Marco Ruspaggiari. –

Sono entrato nella stanza (non ci speravo, a quel punto, anche perché i poliziotti andavano e venivano con carte e taccuini in mano e con le facce preoccupate) e ho cercato con gli occhi il commissario. L'ho individuato subito un tipo secco secco con le occhiaie, le gambe scheletriche, il naso di ossa, i capelli bianchi incolti e lunghi.

Il commissario mi ha visto e ha fatto segno a due poliziotti biondi di fermarmi. I due poliziotti biondi sono venuti a prendermi per le braccia. Non ho opposto resistenza.

– Ma prego – ha detto Marco Ruspaggiari – Dimmi pure.

Ho tirato un respiro profondissimo. E ho sorriso.

– Lei è il commissario?

– Le domande le faccio io – ha detto il commissario, sempre molto gentile e cordiale.

– Mi faccia tutte le domande che vuole, ma prima posso chiederle di dire a questi due di lasciarmi?

Ho sorriso e ho tirato un respiro talmente profondo (talmente profondo).

Il commissario ha fatto segno ai due poliziotti biondi di lasciarmi.

– Allora? – ha detto il commissario.

– Beh... Ho parlato col poliziotto qui fuori...

Un silenzio. Ho respirato molto profondamente.

– E allora? – ha detto il commissario.

– Beh... – dico – Ho pensato che potreste venire a pranzo.

Il commissario sgrana tanto d'occhi. Tiro un respiro abissale. Profondo.

I poliziotti biondi cominciano a ridacchiare e poi a ridere.

Il commissario sorride.

– Ma lo sa che vengono altre persone dall'est della Lombardia? Tra Cremona e Mantova?

– Davvero?

– Sì. Tonini, Villagrossi e Bellingeri. Verranno con una prof di arte di cui non ricordo il nome. Se può accogliere a pranzo una caserma di persone, si può fare. Ma dobbiamo interrogare le ragazze.

I poliziotti biondi smettono di ridere.

– Vengono anche loro, a pranzo. Ce n'è per tutti. – dico – Non vi preoccupate... Vi leccherete i baffi...

Un silenzio.

– Sì – fa il commissario – Però mi sa che prima delle tre non possiamo venire. Dobbiamo fare tutti i rilievi, qui. Capisci? E poi dobbiamo aspettare quelli che vengono da lontano.

– Faccia con comodo, commissa'... Alle tre va bene –

Gli stringo la mano ed esco.

Uscendo sento uno dei due poliziotti che dice, in dialetto *poeudi minga*

Vado da Pietro Colombo, l'ex Insegnante Teorico Pratico di chimica che ha il forno proprio nella piazzetta di Varano, e compro tre enormi ruoti di pizza. Li pago sette euro l'uno. Torno a casa e poso le pizze sotto al forno in cucina.

Esco di nuovo. All'imbocco di via Sauro ci sono dei bambini che piangono, piangono come ossessi e la signora Ciarambino cerca di farli calmare. La signora Ciarambino sta raccontando delle favole. Sento nominare Cappuccetto Rosso che lavora come interinale in un'azienda tessile.

Cammino fino al Tigros. Compro scatolette di tonno, scatolette di fagioli, yogurt, vino, altro vino, ancora vino, vino passito, salame felino, formaggio caprino, salame cotto. Compro dieci buste di risotto con funghi già pronto.

Ogni confezione è per due persone. Quindi dieci confezioni sono per venti persone.

Dovrebbero bastare.

Pago.

Arrivo a casa e mi chiudo dentro. Chiudo le finestre (che erano mezze aperte), chiudo la porta, chiudo gli sportelli dei mobili e chiudo i cassetti fino in fondo.

Vado in cucina e chiudo la porta di ferro del balcone, mentre i gatti randagi fuori la porta miagolano di fame e s'arrampicano sulle grate larghe.

Chiudo la porta a vetri della cucina. Chiudo la porta divisoria tra la cucina e il salone.

Prendo una pentola molto grande dal cassetto basso in fondo a destra (se avete presente la mia cucina, riuscite a capirmi). Faccio bollire l'acqua e poi verso le 10 buste di riso. Dopo qualche minuto, il riso è già pronto e ha pure un buon profumo.

Apro la porta della cucina e vado sopra, perché fa troppo freddo. Vado allo zainetto dell'imperatore.

Da quando il suo potere è diventato enorme quale imperatore unico del Sannixismo, l'imperatore si porta sempre dietro dei farmaci.

Ho aperto lo zaino. Ho preso la scatola dell'aspirina effervescente e sono tornato in cucina. Ho visto che mancavano svariati minuti alle tre e quindi potevo ancora preparare il pranzo con comodo.

Tiro fuori tovaglia, tovaglioli, posate, vino, tonno, parmigiano, melanzane sott'olio.

Preparo la tavola per venti persone, anche se finiremo per stare stretti.

Mi sa che avevo comprato troppa roba. Sono rimaste alcune scatolette di tonno.

Ho aperto le scatolette (due) e ho fatto sgocciolare la roba nel lavandino. Per roba intendo quella cosa viscida che c'è dentro. Loro dicono che è olio d'oliva, ma ce l'avete presente l'olio d'oliva? Che attinenza ci può essere tra l'olio d'oliva e la roba del tonno?

Comunque, ho buttato quella schifezza nel lavandino e sono salito sopra. Sono andato dall'imperatore. L'imperatore, al secolo Cristoforo Ramundi, non si era mosso di un millimetro dalla posizione in cui l'avevo lasciato. Aveva un buon odore. Un odore di detersivo e di pulito e anche di menta. Era impiastricciato e bagnaticcio (e molliccio, la mollezza della morte) in certi punti, ma nell'insieme se la cavava molto bene era solido come una statua e bello come una colonna.

Ho tirato fuori il tonno con le mani e gliel'ho spalmato... Non lo so perché l'ho fatto, ma l'ho fatto perché ero ragionevolmente sicuro che gli faceva bene. Gli ho spalmato tonno per tutto il corpo, senza lasciare nemmeno un solo spicchio di pelle non intonata.

Poi sono andato nel bagno e ho preso un rotolo di carta igienica. E una bacinella.

Ho tolto dalla pelle del Ramundi tutta la roba che aveva addosso. Tutta ma proprio tutta. O quasi.

Posso testimoniare che di schifezza ce n'era tantissima. Però poi, quando ho finito, era pulito e lucido.

Sono andato nel bagno e ho scaricato la schifezza nel cesso. Ho lavato la bacinella. Mi sono tolto i vestiti e mi sono lavato nella vasca da bagno, però con la doccia.

Insomma mi sono dato una rinfrescata.

Poi sono andato allo zainetto dell'Imperatore e ho preso un suo pigiama. Cristoforo si porta dietro anche i pigiami, non solo le medicine.

Come mi sentivo bene a quel punto, con l'Imperatore bello profumato e con l'odore un po' acre delle persone vive (il tonno). Mi sentivo benissimo e insomma... cioè... suonarono alla porta mentre ero di sopra.

Prima di tutti (davanti agli altri) c'era Peppe, il poliziotto che prima era fuori alla porta e poi non c'era più. Il – palo – baffuto dei poliziotti.

Poi veniva il commissario, che mi strinse la mano e mi sorrise.

Quindi un altro poliziotto. I due poliziotti biondi. Giusi, Dafne. E buoni ultimi, improvvisi e non richiesti, Leonardo, Aldo e Janos, seguiti da quel bel bocconcino di Ilaria.

– Ci fa piacere essere qui, sai – ha detto Ilaria.

Avevo preparato per venti. Eravamo meno di venti.

– Ehilà, che bella casa che hai! – ha detto il commissario –Tutte così belle le case di Varano?

– Solo quelle dei consiglieri comunali.

– Mi piace molto – ha detto il poliziotto Peppe – C'è qualche villa che si vende in questa strada? Io e mia moglie siamo in affitto a Cocquio Trevisago, ma ci vorremmo comprare la casa.

– Non lo so – ho risposto – Devo provare a chiedere a mamma. S'è liberata la casa di Caielli, no?

Il commissario ammicca, poi ride.

– Ah – ha detto il commissario – I suoi amici dell'est Lombardia ci hanno detto di un loro amico che poi era un imperatore... Non l'ho capita bene, questa cosa. Imperatore di che?

– Una storia lunga... Cristoforo era da me, ieri sera. Ma non l'ho più sentito. In origine dovevo ospitarlo, dovevo farlo dormire qua... Ma poi avevano deciso di fare il raduno del Sannixismo a Castiglione delle Stiviere. E se n'era tornato dalle sue parti.

Giusi e Dafne se ne stavano silenziose e timide, e non dicevano niente.

– Uè – ho detto – Ragazze, si saluta, eh?

Se ne sono andate a sedere al loro posto nella tavola imbandita per 20.

Il commissario senza parlare mi ha fatto l'occhietto.

Allora ho capito.

Forse le ragazze erano scosse. Forse era davvero successo qualcosa di grave. Forse davvero a qualcuno interessava così tanto della morte per esplosione di un consigliere del PD.

I poliziotti e i civili si sono seduti a tavola. I poliziotti, prima di sedersi, si sono tolti i cappelli. Il commissario e tutti gli altri erano già senza cappello.

Ho servito i fagioli caldi. Prima erano bollenti, quando li ho cotti, ma ora sono diventati caldi e succosi al punto giusto.

– Sono buoni, sai – ha detto Ilaria.

– Mi ricordano la fagiolata che ho mangiato a Stoccolma – ha detto Leonardo.

– Anche Aldo Moro, nel suo rifugio, mangiava fagioli – ha detto Aldo.

– Ah, che bello! – ha approvato il commissario – Questa la prima volta che vado a pranzo a casa di qualcuno, in Italia, e non mi presentano davanti la pasta.

– E poi io vado pazzo per i fagioli – ha detto Peppe, facendomi l'occhiolino.

– Ottimi! – ha quasi gridato uno dei due sbirri biondi – Con cosa sono conditi?

– Non sono conditi – ho risposto – Li ho cotti troppo, fino a spoltigliarsi.

– Come come?

– A diventare poltiglia.

Giusi e Dafne mangiavano con la testa china nel piatto. I fagioli piacciono a tutti. Come si può vivere senza fagioli?

– Io sento puzza di riso con i funghi – ha detto a un certo punto Dafne

– Hai fatto anche il riso con i funghi?

Un silenzio. Ho sorriso.

– Ce n'è per venti persone – ho detto, trionfale.

– Venti persone! – ha esclamato il commissario – Ma noi non siamo mica in venti!!??!?

– Basta che ognuno mangi per 1 virgola sette – ha detto Peppe – Più o meno.

Tutti i poliziotti hanno riso. Anche io (ma poco). Dafne e Giusi per nulla.

Il commissario l'ha notato. Il commissario le stava tenendo d'occhio, anche se faceva finta di pensare ad altro.

Il commissario ha tossito. Poi s'è rivolto alle ragazze.

– Giusi – ha detto.

Giusi ha alzato la testa e l'ha fissato, serissima.

Il commissario ha tossito. Secondo me era una tosse nervosa.

– Giusi – ha detto – Mi racconti tutto dall'inizio?

Il commissario ha tossito. Io ho tirato un respiro profondo. Molto profondo.

– Commissario – ha detto la ragazza riccioluta e biondiccia molto lentamente, con una voce molto ben calibrata – Faccia lei le domande... Che vuole sapere?

– Dall'inizio.

– Da quando sono nata?

Dafne le ha dato di gomito per rimproverarla.

– Da come ti chiami, quanti anni hai, perché eri in casa di Caielli eccetera – ha detto il commissario.

C'è stato un silenzio. I due poliziotti biondi ridacchiavano. Ho tirato un respiro talmente profondo...

– Mi chiamo Giuseppina e i dati anagrafici li ho già forniti – dice Giusi.

– Come sei venuta in contatto con Caielli?

Giusi ha sospirato. Io ho tirato un respiro molto profondo.

– Mio padre aveva delle conoscenze al tribunale di Caserta. Queste conoscenze gli hanno detto se ti trasferisci a Caserta ti facciamo trovare un sacco di clienti... Ma a lui faceva schifo, Caserta. Allora gli hanno indicato qualcuno che potesse procurargli dei clienti e agire in suo nome... –

Il commissario ha tirato fuori un pacchetto di sigarette. Si è rivolto a me e ha chiesto se fumassi.

– No grazie – ho detto – Non fumo.

Il commissario ha chiesto a Giusi e Dafne. Poi a Ilaria. Poi ai tipi della Lombardia orientale, poi a Peppe e agli altri poliziotti. Hanno risposto tutti di no.

Il commissario ha tirato fuori l'accendino e ha acceso la sigaretta.

– Tu che fai nella vita? – ha detto il commissario.

Giusi ha taciuto.

– Che fai nella vita? – ha ripetuto il commissario.

– Intende come lavoro? – chiede Giusi.

– Sì – dice il commissario – Oppure come occupazione. Sarai occupata in qualcosa, no?

Vedo che Giusi cerca aiuto negli occhi dell'amica e che Dafne distoglie lo sguardo.

– Lavoravamo insieme a scuola. Poi siamo diventati molto amici.

Per concedere una pausa alla ragazza, ho girato intorno alla tavola per raccogliere i piatti. Ho messo i piatti nel lavandino.

Poi ho preso dei piatti puliti e li ho riempiti di risotto, li ho portati a tavola belli fumanti (avevano persino un bell'aspetto, e Peppe ha cominciato subito a mangiare).

– Che buoni – ha detto Peppe mandandone giù una cucchiaiata – Devi darmi la ricetta –

Ho respirato. Profondamente.

– Sì – ho detto – Dopo. –

Mi sono seduto anche io e ho cominciato a mangiare il riso. Davvero buono. Non faccio male ad essere un così agguerrito sostenitore del

Tigros.

– In che rapporti eravate con Giacomo? – ha chiesto il commissario.

– Povero Bruno – ha detto Giusi. Dafne ha abbassato la testa placida e tranquilla e triste.

– Eravamo molto amici – ha detto Giusi – Io ero diventata sua amica perché a lui piaceva molto Dafne.

– Dafne? – ha chiesto il commissario.

– Lei – sostiene Giusi, indicando la sua amica pettoruta.

– Eravamo buoni amici io e Giacomo Caielli – sta dicendo Giusi in questo momento – Lui ha un vecchio computer 486 e un vecchio gioco per pc pc–calcio 4.0.

Ho fatto lo sguardo sognante.

– Lo conosco – ho detto – Ci giocavo anch'io con Renato, un mio amico che poi è andato a vivere a Londra.

– Che squadra prendevi, di solito?

Sono arrossito.

– Il Chievo Verona – ho risposto.

– Partivi dal basso, eh?

Giusi ha sorriso.

Al commissario non sta bene che io e Giusi ci siamo messi a parlare di videogames. Mi ha lanciato un'occhiataccia.

– Dafne veniva con te quando andavi da Bruno? – ha chiesto il commissario.

Dafne ha fulminato il commissario con gli occhi.

– No, no – s'è affrettato a dire Giusi – Lei la vedevamo solo a scuola. Lei insegna inglese. Adesso era la prima volta che veniva a Varano.

Dafne, a quel punto, si alza e parla lei.

– C'era una simpatia precisa e sentita – dice – Una simpatia reciproca. Però non si è mai estrinsecata. Giacomo era troppo timido, anche se Giusi cercava di incoraggiarlo a fare il primo passo con me.

Giusi alza e abbassa la testa a ritmo, confermando.

La mia collega di inglese non parla mai, perché quando parla usa un linguaggio tutto suo... E allora nessuno la capisce... E allora lei non parla – ha detto Giusi.

– Ho capito – ha detto il commissario – Dafne è taciturna.

– No – dice il commissario – Dafne è di San Giorgio a Cremano.

I quattro poliziotti hanno riso. Con i funghi.

(Ha ha ha)

– Comunque, Giacomo era un bravissimo ragazzo, pieno di soldi – ribadisce Giusi – Non è stato lui ad uccidersi. Lo hanno ucciso, se è morto.

– Da come non respirava... – sta per cominciare Peppe, ma il commissario lo zittisce.

– Non ne dubito – dice il commissario – Ma io non posso certo credere alla storia dei Sannixisti kamikaze che si fanno saltare in aria in una villetta di un paesino di 2500 abitanti.

I quattro provenienti dalla Lombardia orientale si guardano l'un l'altro, a bocca aperta.

Il commissario scuote energicamente la testa.

– Oggi che eravate andate a fare a casa di Giacomo, e chi erano questi Sannixisti? Li avete conosciuti? Ci avete parlato?

– Noi siamo Sannixisti – interviene Leonardo – Ma...

– Forse i servizi segreti deviati! I massoni cattolici! Evita Peron! – dice Aldo.

Giusi tace.

– Siamo sicuri che erano Sannixisti? – insiste il commissario – Non abbiamo trovato documenti, sui corpi dei due che si sono fatti esplodere, ma non abbiamo nemmeno trovato...

Una pausa

– Insomma – continua il commissario – non possiamo essere sicuri di nulla, tranne che questi due Sannixisti sono morti, che erano un uomo e una donna e che erano già stati visti in giro per Varano Borghi. Pare che la donna, la Sannixista, uscisse in bicicletta col Caielli, secondo la testimonianza della pasticciera del paese.

Il commissario fa un cenno d'intesa ad uno dei biondi. Il biondo si attiva.

– Sì, io ho parlato con molti del paese e i due Sannixisti erano conosciuti, per cui oggi, quando sono venuti a trovare Caielli, sono stati subito riconosciuti. Venivano spesso e giocavano con i bambini del paese... La ragazza si faceva chiamare Ira, ma pare che fosse uno pseudonimo. Il ragazzo era alto e vestiva sempre in maniera molto singolare.

Li sto a sentire e mi perdo nel risotto. Mi identifico nel risotto. Inghiotto risotto con i funghi porcini. Faccio gargarismi al risotto. Mi passo il risotto attraverso i condotti vitali dalla bocca al naso e dal naso alle orecchie. Insomma faccio pulizia. E quando Giusi comincia a raccontare, raccontare, raccontare, me ne sto tappato e isolato nel mio mondo di riso.

Mi alzo da tavola e vado in giro per la cucina prendendo e affettando e servendo prosciutti e formaggi. Dal ripiano basso della credenza – dietro i pacchi pieni di cannelloni, le confezioni di castagne secche e le lenticchie di marca Vitale – prendo quella vecchia mezza bottiglietta d'olio rimasta da un viaggio in Grecia. Poggio la bottiglietta sul tavolo, mentre Giusi continua a raccontare particolari raccapriccianti di fumo, di puzza, di grida.

Prendo un piatto fondo non usato. Lo riempio metà di fagioli e metà di risotto ai funghi.

Poso il piatto con funghi e riso e fagioli sul forno a microonde spento e m'immergo nell'altro forno, quello sotto la cucina. Tiro fuori le pizze (tutti – poliziotti e imputati – tacciono all'improvviso). Poso il vassoio con la pizza in mezzo alla tavola.

Alzo la mano per intervenire, come si fa a scuola. Il commissario se ne accorge solo dopo svariati secondi e dopo due tranci di pizza. Mi fa segno di parlare.

– Con permesso – dico – Salgo di sopra a portar qualcosa all'Imperatore.

Tutti mi guardano.

– Ma non era andato a casa? – chiede Aldo.

– Come mai è di sopra? – chiede Leonardo.

– La cosa è strana, sai? – dice Ilaria.

Janos tace e si guarda le punte delle scarpe.

– Mi aveva chiesto lui di non dire nulla – faccio – Poi ha sentito l'esplosione e mi ha pregato di dire a tutti che era partito. In realtà è di sopra. Si è sentito male. Dice che non vuole mangiare nulla, perché è disturbato di stomaco, ma io ci provo... Magari butta giù qualcosa...

Peppe si è alzato da tavola.

– Vuoi che ti aiuti? – ha detto.

La cosa mi terrorizza. Se si scopre che l'imperatore è morto prima che sia stata proclamata la repubblica dei Sannixisti (e ora che ci siamo tutti possiamo ben prendere una decisione del genere) va tutto a puttane.

– No, no – ho detto – Lui non vuole vedere nessuno... Sai quando uno vomita e ha accanto al letto la bacinella per vomitare e poi...?

– Sì – dice Peppe – Una volta mi sono ubriacato col vino inglese e so cosa significa.

– Più o meno – dico – L'imperatore sta molto male.

– So cosa significa – ha detto Peppe. Ha sorriso ed è tornato a sedersi.

Gli altri tre poliziotti non si sono mossi di un millimetro. Pendevano dalle labbra di Giusi, che continuava a raccontare mangiando riso e fagioli e pizza, e infarciva il racconto di – io c'ero ma ero dietro la porta – , – io c'ero ma non ho visto – , – io c'ero ma ero distratto – , – io c'ero e la Sannixista era sarda – , – io c'ero e il Sannixista era un tipo strano.

Prendo il piatto per l'Imperatore da sopra al forno a microonde spento. Tengo il piatto con la mano sinistra e la bottiglina d'olio con la mano destra. Salgo le scale con il piatto nella sinistra e la bottiglina d'olio nella destra.

La prima cosa che faccio è andare nel cesso. Butto nella tazza il riso e i fagioli. Poi frugo nell'armadietto dei medicinali e trovo il deodorante.

Lascio il piatto in bagno e vado in camera di mamma con l'olio e il deodorante.

Quel deodorante lo usava sempre, lei. Non è uno spray né uno stick è una specie di crema molto puzzolente, unta e viscida che dovrebbe trattenere e impedire il sudore per otto giorni.

Ho spogliato l'Imperatore, che già mi fa schifo vestito. Gli spalmo il deodorante melmoso negli anfratti del corpo. Cioè tra le ascelle, sulla pancia, tra le dita dei piedi, nelle orecchie (nelle orecchie poco, se no si vede la patina bianca).

E poi eccolo tutto imbiancata. Troppo bianca. Sono andato a prendere

nella stanza da bagno delle salviettine imbevute, per togliergli il bianco.
Però non ho insistito troppo con le salviettine, altrimenti a che serviva il
deodorante?

Insomma, alla fin fine, è rimasto bianco lo stesso. Prendo la bottiglia
dell'olio, una bottiglina piccolissima, da un quarto di litro (e forse anche
meno). Sull'etichetta c'è scritto qualcosa in caratteri greci, ma io i
caratteri greci so a stento leggerli (ho fatto il classico).

Mi sono spalmato l'olio nelle mani e poi l'ho spalmato addosso a lui.
Gliel'ho spalmato ovunque, tranne che sul mollusco. E alla fine era
lucido come i culturisti quando fanno le gare.

Non era bello, ma era lucido. E alto.

Sono andato in bagno e ho tirato lo scarico.

Ho lasciato la bottiglina dell'olio (ancora con un goccio d'olio) sul
comodino, ho preso il piatto dal lavandino del wc e sono risceso, per
vedere che stavano facendo i poliziotti nonché (invero ché) per
perpetuare i miei doveri di ospite.

Fuori tira vento. Mi affaccio dalla finestrella sulle scale prima di
scendere. C'è un gruppo di bambini riuniti in cerchio. Si toccano e si
abbracciano. E piangono.

Dicono anche qualcosa, ma non li sento e nemmeno riesco a leggere le
labbra.

Scendo in cucina. Il commissario e i poliziotti parlano di calcio. Giusi
ride come una scema. Dafne l'hanno messa vicino ai fornelli a fare il
caffè.

Quando mi vede, il commissario mi sorride.

– Un pareggio con il Sassuolo non è male, in fondo – mi dice.

Non riesco a fare altro che assentire.

Dafne è di spalle e non mi guarda. Ha belle spalle.

Mi siedo accanto a Peppe. Peppe chiede come sta l'Imperatore. Poi fa la domanda classica, quella che fanno tutti.

– Cos'è il Sannixismo?

Lo guardo e i suoi occhi mi sorridono.

– Ha troppa tosse – rispondo – Ha una tosse troppo, troppo forte – ho risposto – Forse ha il virus.

– Mi dispiace – dice Peppe.

– Oggi doveva venire il dottor Ruspaggiari per visitarlo, ma poi gli ho detto come sta e non è voluto più venire. Ha detto che devo farlo restare a letto e devo portargli la sua pipì.

Peppe strabuzza gli occhi.

– Non capisco – dice.

– Devo portare al dottore la pipì dell'Imperatore – spiego – Per farla analizzare. Ora le analisi sulla presenza del virus si fanno sulla base della pipì. –

...quando abbiamo visto... – ha detto Giusi, continuando nel racconto ...quando il fumo si è diradato... –

Si è interrotta, quasi piangendo. Tutta nervosa e tremante.

Il commissario ha detto che non doveva fare così, che sono cose che succedono, che anche a lui la prima volta che gli è capitato un morto...

Il caffè stava già salendo.

– Sta salendo il caffè – dico.

Ornella l'ha tolto dal fuoco per versarlo nelle tazzine.

– Dove sono le tazzine? – mi ha chiesto – E cos'è il Sannixismo? Io non l'ho mai capito.

Ho alzato le spalle.

– Non so dove sono le tazzine – dico – Le nascondo sempre in un posto diverso, perché bevo troppo caffè e voglio limitarmi, ma poi non le trovo quando vengono gli amici.

Peppe il poliziotto sorride a novantanove denti. Ma che cavolo avrà da sorridere tanto?

Ornella ha versato il caffè nei bicchierini da liquore e uno dei bicchierini lo sto portando all'imperatore. Salgo i gradini, entro nella stanza e mi siedo sul letto.

Sorseggio il caffè prendendolo a schiaffoni.

– Cristoforo – dico – Ruspaggiari a che ora viene?

Il telefono squilla, imperterrito e inopportuno. Lo lascio squillare tre volte, quattro volte. Non voglio rispondere. Sentendolo squillare a vuoto, crederanno che non ci sia nessuno e riattaccheranno.

Dopo cinque squilli – infatti – il telefono non ha suonato più. Continuo a bere il caffè colpendo l'imperatore in faccia.

Mi chiamano. Uno dei poliziotti mi chiama. Non capisco cosa dice.

Mi alzo dal letto e mi avvicino alla rampa delle scale.

– Che avete detto? – chiedo.

– Vogliono l'Imperatore al telefono! – strilla il poliziotto – Lo vuole un certo Bonini, da Cremona!

Respiro molto profondamente. Molto profondamente. Molto molto profondamente.

Come si sono permessi di rispondere al telefono in casa mia?

Prendo in mano la cornetta e la porto all'orecchio. Sputo un – pronto! – acido e astioso.

– Buongiorno – dice una voce da fratacchione – Posso parlare con Cristoforo?

– Chi siete? – chiedo.

– Bonini. Mi ha detto la sorella di Cristoforo che potevo trovarlo a questo numero, perché sta facendo un incontro di Sannixisti. Volevo sapere se venisse al gruppo di self Help degli alti. Volevo sapere come sta? –

– Bonini, io non so niente – dico – Io stamattina, quando mi sono alzato, gli ho chiesto se fosse pronto per il raduno e lui ha detto che si sentiva male e voleva rimandarlo.

– Ma ha detto che sarebbe venuto al Self–Help e invece non è venuto, perciò ho pensato che possa stare male – dice Bonini – Che ha?

Tiro un respiro profondo.

– Bonini – ripeto, con pazienza, tirando un respiro profondissimo – Cristoforo è uscito stamattina per tornarsene a casa ma ho visto che andava via con una donna. Forse il contrattempo medico era una donna. Una tipa sarda che si fa chiamare Ira. Hai presente?

Metto giù, senza mezzi termini. Anzi metto fuori posto. Poggio la cornetta sul comodino.

Finisco di vuotare la tazzina di caffè e torno dai poliziotti.

Trovo una situazione molto più tranquilla e cordiale. Dafne s'è aperta due bottoni della camicetta e s'è messa a parlare fitto fitto con uno dei biondi. Il commissario e Giusi bevono grandi bicchierate di rosso e stanno diventando paonazzi.

Il commissario – quando mi vede – ride.

– Eccoti qua – dice – Tutto bene con l'imperatore.

Non sorrido.

– Sta meglio? – continua il commissario – Ha preso il caffè?

– Ha preso il caffè... Sì sì... L'ha preso – dico.

Il commissario guarda l'orologio che ha al polso. Il poliziotto biondo smette per un momento di confabulare con Dafne e si alza in piedi. Sta per parlare ma si ferma, perché il commissario ha ripreso in mano il vino.

Il commissario versa il vino nei bicchieri. Il commissario e Giusi bevono. Dopo qualche secondo, il poliziotto biondo trova finalmente il coraggio di parlare.

– Commissario – dice, tutto deferente – Io e la signorina Dafne andiamo a fare un'ispezione nel parco. La signorina ha detto che dobbiamo chiedere alla gente, dice che la gente conosceva bene sia Caielli che i due che si sono fatti esplodere. E dice che la gente sa perché i due Sannixisti si trovavano lì e sanno tutto ma proprio tutto quello che è successo. E dice anche che sanno perché è successo. –

Il commissario lo interrompe con una risata. Anche l'altro biondo e l'altro poliziotto e Peppe ridono.

– Sì sì – dice il commissario, minimizzando – Ho capito dove vuoi arrivare.

Ridono tutti.

– Mi fai un piacere – dice il commissario – Parla con la gente del paese e fattelo spiegare. Chiedilo. Esigilo. Pretendilo.

– Cosa devo chiedere, commissario? – dice il poliziotto biondo.

– Fatti spiegare che cazzo hanno da spettegolare – fa il commissario.

Respiro profondamente. Il commissario si rivolge a me.

– Ti ringraziamo molto dell'ospitalità.

Fa per alzarsi, ma è brillo. Barcolla un istante, prima di riuscirci. Poi ci riesce. E, quando ci riesce, riacquista di colpo tutto il suo carisma.

Con uno sguardo raccoglie attorno a sé i tre poliziotti, che lasciano i piatti e i bicchieri e si rimettono il cappello.

– Ce ne dobbiamo proprio andare – dice il commissario –Siamo in servizio. Non dovremmo bere in servizio.

Tiro un respiro profondissimo. Stringo la mano al commissario.

La mano del commissario è molto calda. Il vino gli ha alzato la temperatura in tutto il corpo.

– Ora saliamo tutti a salutare l'Imperatore e poi ce ne andiamo – dice il commissario, ridendo.

Tiro il respiro più profondo che io abbia mai tirato.

Ho detto al commissario che l'Imperatore non stava bene, che era contagioso, che era rischioso salire a salutarlo e – oltretutto – lui non gradiva.

– Non lo voglio disturbare – ha detto il commissario.

Ho tirato un respiro profondo di sollievo.

– Però ringraziarlo è doveroso – ha aggiunto il commissario – In fondo, se abbiamo mangiato e bevuto così bene e così tanto, è per il raduno dei Sannixisti che aveva organizzato lui.

Ho tirato un respiro profondo d'ansia. Ho chinato la testa e mi sono rassegnato ad accompagnarli di sopra.

Ilaria, la Sannixista della Lombardia orientale, si attiva all'improvviso. Forse in quel momento ha capito il mio imbarazzo e ha cercato di venirmi in aiuto.

– Lo accompagno io – ha detto – e rendo omaggio a Cristoforo per tutti. Non si preoccupi, commissario. Saluto io l'Imperatore, anche a nome suo, e lo ringrazio per l'ospitalità.

Il commissario ha sorriso.

– Effettivamente – ha detto il commissario – Sono un tantinello brillo, e se l'imperatore si accorge che ho bevuto mi rimprovera.

Ho tirato un respiro profondissimo. Il commissario, il poliziotto biondo superstite, Peppe e un altro poliziotto sono venuti a stringermi la mano e a ringraziarmi (sempre le solite parole, sempre le solite facce, sempre le solite intenzioni...). Giusi mi ha addirittura stampato due bacioni pesanti sulle guance.

– Ilaria – ha detto il commissario alla mia accompagnatrice – Noi ti aspettiamo fuori. Per qualunque cosa, chiamaci. E ricordati di essere molto cerimoniosa e affettuosa, col Ramundi.

– Anche noi andiamo – dice Leonardo – Siamo ubriachissimi. Abbiamo bisogno di aria fresca. Tanto l'Imperatore lo vediamo su Google Meet.

– Io devo lavorare – dice Aldo.

– Io scaricare un film taiwanese – dice Janos.

Se ne sono andati. Il commissario barcollava, ma i due poliziotti lo sorreggevano ai lati, come i carabinieri di Pinocchio. Giusi rideva come una deficiente e raccontava una barzelletta sui medici cinesi.

– Mi fai strada? – ha detto Ilaria, sorridendomi.

Gli ho fatto strada, camminando a fatica. Con la testa che mi pesava e mi fischiava. E col cervello che rombava.

Ho messo il piede sul primo gradino.

Ho messo il piede sul secondo gradino.

Ho messo il piede sul quinto gradino. Sull'ottavo gradino. Sono inciampato sull'undicesimo gradino.

Ilaria mi ha sorretto, da dietro.

L'ho sentita respirarmi sulla nuca. Ilaria è una bella donna, è di Cremona, ha i ricci, ma... ha troppi peli cresciuti male sulla faccia.

– Ecco – ho detto – La stanza dove ha dormito è questa.

Ho tirato un respiro profondissimo. Ilaria ha respirato profondamente dietro di me.

Ho fatto per andare a destra, a mostrarle il cadavere. Ilaria mi ha cinto la vita e mi ha condotto a sinistra.

Mi ha rigirato come una trottola tra le sue mani. Mi sono tornati nella mente non i baci di Tornatore, ma delle scene di film d'azione. L'ispettore Callaghan che arresta il malvivente.

Tremavo in tutto il corpo.

Ilaria mi ha stretto contro il muro, mi ha preso la testa tra le mani e mi ha baciato.

Un bacio così profondo che mi sembrava di avere tutta la sua testa affondata nella mia bocca, e che i baffi spettinati mi solleticassero fastidiosamente il piloro.

Indice

pubblicato per conto della
ASSOCIAZIONE CULTURALE GATTOGRIGIO
VIA DANTE ALIGHIERI 20
46043 CASTIGLIONE DELLE STIVIERE (MN)
C. F. 90018730201

La foto di copertina è: *Opera unica–Unica immagine della statua inesistente*, (Madonna che ride) Napoli, 1973, Gino De Dominicis.